LE RÉVEIL DE LA GAITÉ

Chansons

ET POÉSIES

DE

SALGAT.

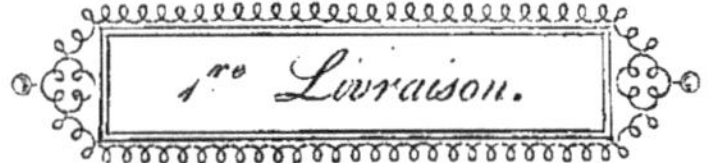

Prix : 30 Centimes.

PARIS.

MARCHANT, ÉDITEUR DU MAGASIN THÉATRAL,

BOULEVARD SAINT-MARTIN, 12.

1837

Amis, je crois à la vie éternelle. N° 10.

AU LECTEUR.

L'origine de la Chanson, ami Lecteur, se perd dans la nuit des temps. On la retrouve dans toutes les circonstances où les hommes ont eu le plaisir à invoquer, et, bien qu'on ne chante plus, pour ainsi dire, qu'en cachette, on chantera long-temps après nous, et probablement jusqu'à la fin des siècles.

Et pourtant on va crier au scandale, ou tout au moins à l'absurde, quand on rencontrera sur l'étalage du libraire le recueil qui va suivre.

Et pourquoi? Parce que la mode a proscrit la gaîté de nos pères, et que c'est un parti pris de ne rien faire comme autrefois.

Oui, Lecteur, on te permettra d'écouter dans un salon des romances bien plates et bien tristes qu'une musique agréable fait supporter; on régalera encore tes oreilles de quelques plaisanteries grivoises empruntées aux mœurs de la caserne ou de la poste aux chevaux; mais il t'est défendu de songer à des couplets piquans où la gaîté, la philosophie et la grâce font assaut pour te plaire. Tu ne peux plus, sans encourir le blâme des gens à la mode, trouver du charme dans des vers qui rappelleraient les chants joyeux de Désaugiers et d'Armand Gouffé! Ces choses-là, te dira-t-on, n'ont pu trouver des amateurs que du temps de l'Empire, et quand il fallait se distraire de toute la gloire que recueillait alors la nation française.

Aujourd'hui la gaîté est abandonnée en proie à l'artisan, et ce serait déroger que de s'amuser comme lui.

Singulière folie! Quoi! vous reconnaissez que le rire et l'enjouement sont des trésors, et vous vous en interdisez l'usage? Allons, gens du bon ton, vous êtes bien malades mais tout n'est pas désespéré, et vous ne serez pas les premiers que l'on aura essayé de guérir malgré eux.

Nos passions n'ont pas changé; nos désirs sont restés les mêmes, et le caractère national, long-temps comprimé par les intérêts politiques, n'attend qu'un signal pour se reproduire.

Déjà Béranger l'avait tenté avec succès; mais,

Lorsque la terre fut émue
A ses accens de liberté,
Comme le rossignol en mue,
Il oublia qu'il eût chanté.
Il s'envola de plaine en plaine
Jusqu'aux portes de l'étranger.

Et, comme fatigué de sa longue admiration pour lui, le Français se prit à oublier la chanson parce que Béranger ne chantait plus.

Nul n'est plus touché que nous du silence que notre poète national s'obstine à garder; cependant, s'il doit n'être jamais rompu, c'est donc prudence que de s'en accommoder. Cherchons à le compenser par les efforts des jeunes gens qui se sont inspirés à son exemple, et de ceux qui suivent de plus ou moins près la bannière du bon Désaugiers, de ce chansonnier honnête homme qui mit ses propres vertus dans ses chansons, comme on pouvait lire sa gaîté sur son visage.

Nous proposons aux gens de goût qui n'ont pas désespéré de la Chanson en France une croisade contre l'ennui et l'abus du bon ton, et nous espérons que notre voix sera entendue; car le nombre est encore grand de ceux qui se plaisent à rimer des couplets.

Qu'ils ne craignent pas de manquer de lecteurs. Le passé nous répond de l'avenir, et plus la Chanson aura attendu sa restauration, et plus elle sera sûre de ressaisir son sceptre.

La Chanson, dessert si friand de nos aïeux; la Chanson, prière du matin de l'ouvrier et de la grisette; la Chanson, interprète de l'amour dans la jeunesse, magasin de souvenirs pour l'âge mûr; la Chanson n'aurait plus de partisans chez nous, où l'on fredonne en se levant, où l'on médit avec plaisir sur un air de vaudeville, où l'on fronde impunément avec un refrain, et où chaque mère endort son enfant au son d'une ritournelle? Allons! c'est impossible. Nos besoins parlent plus haut que les lois du bon ton, et le moment est venu d'en administrer la preuve.

La Chanson est si utile à l'homme, qu'elle peut couvrir de fleurs le chemin de sa tombe et ranimer la dernière étincelle de son courage.

Demandez au capitaine John Ross ce qu'il en pense. Il vous dira que, quand son vaisseau était scellé dans les glaces de la mer, quand le trépas planait sur son équipage, les matelots n'avaient qu'un refuge contre l'abattement et la mort; et ce refuge c'était la Chanson.

Nous tenons cette anecdote de l'illustre voyageur lui-même, et c'était avec le plus vif attendrissement qu'il se plaisait à nous en faire le récit.

Mais c'est surtout sa nature commode et facile qui doit éterniser le genre de la Chanson. Elle s'enferme dans un petit cadre; elle se grave dans la mémoire; elle s'ajuste aux temps et aux lieux; elle donne une nouvelle vie aux lieux communs cent fois rebattus; car l'à-propos suffit pour faire excuser ses redites; elle s'empare avec malignité de tous les travers nouveaux, et fournit ainsi d'utiles documens à l'histoire. N'en doutons pas, son avenir est assuré malgré les dédains dont elle a été l'objet.

CHANSONS DE SALGAT.

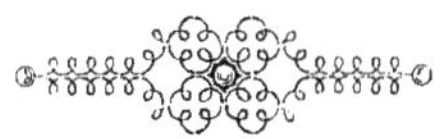

REQUÊTE DE MOMUS

AUX GENS COMME IL FAUT.

Air de l'Aveugle de Bagnolet.

A vous, amis de la puissance,
A vous, favoris de Plutus,
A vous, qui par droit de naissance
Faites fi du pauvre Momus. (*bis*)
L'ennui touche à sa déchéance ;
Je réclame sa survivance.
N'avez-vous pas, gens du bon ton,
Fait assez longue pénitence ?
Accueillez-moi, gens du bon ton,
Vite, ouvrez-moi votre salon!

Le monde est une compagnie
Que j'exploite pour la gaîté :
Travers, ridicule, folie,
Y sont mis en société.
Or le profit de l'entreprise,
C'est de rire de sa sottise.
Riez aussi, gens du bon ton,
N'avez-vous pas fait votre mise ?
Accueillez-moi, gens du bon ton,
Vite, ouvrez-moi votre salon !

S'il faut perdre de mon allure
Et la franchise et la rondeur,
Il m'en coûtera, je vous jure ;
Pourtant j'y souscris de bon cœur.
Sous la treille où ma soif s'étanche,
Dans ce temple de gaîté franche,
Au cabaret, gens du bon ton,
Je n'irai plus que le dimanche ;
Accueillez-moi, gens du bon ton,
Vite, ouvrez-moi votre salon !

Veut-on qu'un dieu du paganisme
Soit apostat, je le veux bien ;
Enseignez-moi le catéchisme,
Et demain je me fais chrétien.
Pour effacer maint anathème,
S'il faut de l'eau du Jourdain même,
Un des vôtres, gens du bon ton,
En eut de trop pour un baptême ;
Accueillez-moi, gens du bon ton,
Vite, ouvrez-moi votre salon !

Mon nom, quand chez vous on l'annonce,
Vous fait craindre de déroger ;
A cela voici ma réponse :
Pourquoi ne le pas allonger ?
Ne craignez pas que je recule
Devant la noble particule :
Pour vous plaire, gens du bon ton,
Je risquerai le ridicule ;
Accueillez-moi, gens du bon ton,
Vite, ouvrez-moi votre salon.

Mais vous vivez de flatterie,
Et vous prétendrez, je le sens,
Que je cache la raillerie
Sous quelques nuages d'encens.
Eh quoi ! dans ma muse bouffonne,
Le vice verrait sa patronne ! !!

Mais qu'importe, gens du bon ton ?
On croira que je déraisonne ;
Accueillez-moi, gens du bon ton,
Vite, ouvrez-moi votre salon !

Je suis meilleure créature
Qu'aux jours de vos benins aieux ;
En chantant je bats la mesure :
Alors je la battais sur eux.
Pour le bel esprit qui radote,
Pour l'intrigante et la dévote,
Par charité, gens du bon ton,
J'ai fait rembourrer ma marotte ;
Accueillez-moi, gens du bon ton,
Vite, ouvrez-moi votre salon !

Replacez donc mon humeur folle
Au rang des dieux de vos pourpris,
Et qu'un sourire me console
D'un demi-siècle de mépris.
Chez vous une bonne fortune
Pourra combler cette lacune;
Ah ! croyez moi, gens du bon temps,
Le plaisir n'a pas de rancune :
Accueillez-moi, gens du bon ton,
Vite, ouvrez-moi votre salon !

LE RENDEZ-VOUS.

Air de Philoctète.

Ouvre, c'est moi qui, d'un pas chancelant,
Arrive ici, tremblante et hors d'haleine ;
Vite ouvre-moi, je suis vêtue à peine :
Ma robe eût fait quelque bruit en marchant.
Dans ton réduit pourquoi tremblé-je encore
Comme un captif qui pense à son geôlier ?
Rassure-moi, car je veux oublier
Tout, excepté le mortel que j'adore.

Puisse du moins un généreux sommeil
S'appesantir sur les yeux de ma mère !
Dieux ! si ses traits exprimaient la colère
Lorsque j'irai l'embrasser au réveil...
A deux genoux, pour son Éléonore,
En la fuyant, je l'entendais prier...
Embrasse-moi, car je veux oublier
Tout, excepté le mortel que j'adore.

La table est prête, et d'un banquet frugal
Tu veux fêter l'hymen que j'improvise.
Hélas ! pourtant ma main était promise :
C'est un vieillard qui s'est fait ton rival.
Dans son château que le luxe décore,
Sous peu de jours il doit m'expatrier.
Caresse-moi, car je veux oublier
Tout, excepté le mortel que j'adore.

Ma coupe est vide, ami, viens la remplir ;
De ma raison viens bannir ce qui reste ;
Métamorphose en bacchante immodeste
Celle qu'hier un mot eût fait rougir.
Si pour l'amour mon nom se déshonore,
C'est un bonheur que l'on doit m'envier...
Enivre-moi, car je veux oublier
Tout, excepté le mortel que j'adore.

De tes baisers, ami, suspends l'ardeur ;
Cette clarté, c'est l'aube matinale ;
Que sur mon front la pudeur virginale
Puisse apparaître et cacher mon bonheur.
Dans un instant il faudra que j'ignore
Ton nom, ta voix et l'amour tout entier...
Pleure avec moi, je ne puis oublier
Qu'il faut quitter le mortel que j'adore.

LE DÉSORDONNÉ.

Air : Il n'est plus ce bon temps.

Cré coquin! plus de lois!
La réform' s'ra salutaire;
Et nous s'rons sur la terre
Heureux comm' des rois!

Ici-bas l' mal abonde
C' n'est pas faut' d'y songer :
On veut tout arranger
Et l'on dérange tout l' monde.

Cré coquin ! etc.

L'enfant que la justice
Mène en prison tout droit
Sort-il de l'écol' de droit
En sortant d' chez sa nourrice ?

Cré coquin ! etc.

Mon pèr' n' fit pas la frime
D'app'ler l' mair' ni l' curé;
Et j' suis déshonoré
Quand c'est pas moi qu'a fait l' crime.

Cré coquin! etc.

Pourtant j' pris l'uniforme
Qu'on m'a laissé bien tard;
C'est fâcheux d'étr' bâtard,
Mais c' n'est pas un cas d' réforme.

Cré coquin ! etc.

Un jour pour la Hollande
J' m'embarque sans pass'port;
On m' fait la mine à bord :
J'avais l'air d'un' contrebande.

Cré coquin ! etc.

Héritier d' ma marraine
J' reviens chiquer son bien;
J'arriv' gn'y avait plus rien :
C'est si long la quarantaine!

Cré coquin ! etc.

J'aim' l'air, j' crains pas la brume,
J' veux coucher sur l' pavé;
Mais à peine ai-j' rêvé,
Qu'on m'arrêt' parc' que j' m'enrhume.

Cré coquin ! etc.

L'ordre est chose funeste :
S'il faut, pour en avoir
Payer c' que j' peux devoir,
Quoi diable ! voulez-vous qui m' reste ?

Cré coquin ! etc.

Heureux avec un' femme
J' veux doubler mon bonheur;
On m' traite pir' qu'un voleur
Et l'on m' dit que j' suis bigame.

Cré coquin ! etc.

Vous voulez qu' j'apprécie
La sagess' de vos lois :
J' n'ai pas d' cour, j'ai du bois,
Et j' pay' l'amend' pour qu'on l' scie.

Cré coquin ! etc.

J'aim' mieux le vin qu' la bierre,
Et j' m'indign' quand je vois
Qu' les trois quarts de c' que j' bois
Pass'nt en droits à la barrière.

Cré coquin ! etc.

On dit qu' dans notre France
Chacun est r'présenté :
Où donc est l' député
Du buveur dans l'indigence?

Cré coquin! etc.

Bref! je veux l' dire encore ;
C' n'est pas trop de deux fois.
Le fripon s' moqu' des lois,
Et l'honnête homm' les ignore.

Cré coquin! plus de lois!
La réform' s'ra salutaire ;
Et nous s'rons sur la terre
Heureux comm' des rois?

LE VOYAGE A PARIS.

OU

MON FILS, FAITES LA RÉVÉRENCE.

Cette chanson fut long-temps attribuée à notre célèbre chansonnier : il ne fallait que juger les négligences qui s'y trouvent et dont M. Béranger n'a jamais donné l'exemple, pour ne pas tomber dans une semblable erreur. Si l'on veut une preuve plus convaincante, qu'on lise la lettre que je reçus le 4 août 1830.

« Non, monsieur, la jolie chanson : *Mon fils, faites la révérence*, n'est pas de moi, et je vous remercie de m'en avoir fait connaître l'auteur. Mon recueil aurait dû prouver au public qu'elle ne m'appartenait pas, puisqu'elle n'y est pas insérée, bien qu'il y en ait plusieurs qui avaient plus à craindre messieurs de la justice.

» Je suis fier, monsieur, qu'on m'ait attribué cette charmante production ; mais je vous prie de croire que j'ignorais absolument l'espèce de tort que vous ont fait mes contrefacteurs, qui, en m'enrichissant du bien des autres, pensaient plus à faire leurs affaires que les miennes.

» Recevez l'assurance, etc.

» BÉRANGER. »

AIR du Vaudeville de la Petite Sœur : Quand je jouais à la poupée.

Pour instruire son jeune fils,
Un père quittait sa province ; (*bis*)
Il le conduisait à Paris,
Pour voir et la cour et le prince. (*bis*)
« Mon fils, lui disait-il souvent,
» Ayez toujours cette prudence :
» A tout propos, à tout venant,
» Mon fils, faites la révérence. » (*bis*)

Comme ils entraient dans Paris par la barrière de Pantin,

Ils découvraient ce mont fameux *
Où vint expirer notre gloire.
« Là, jadis, de tout jeunes preux
» Avaient compté sur la victoire.
» Leur sang coula, c'était pour nous ;
» Et s'ils n'ont pu sauver la France,
» De leur défaite ils sont absous :
» Mon fils, faites la révérence. »

Bientôt ils arrivent à la porte Saint-Denis.

« Vous contemplez ce monument ;
» Les arts en ont taillé la pierre
» Pour immortaliser l'amant
» Des Maintenon, des La Vallière ;
» De souvenirs c'est un dépôt
» Dont sourit et gémit la France...
» Pourquoi Louis fut-il dévot?
» Faites toujours la révérence. »

Au pied de la colonne de la place Vendôme, le père s'écrie :

« Saluez, saluez encor
» Ce bronze que l'Europe envie,
» Qui vers les cieux prend son essor,
» Chargé des lauriers du génie.
» En soulageant son chapiteau
» Du fardeau d'une gloire immense,
» On y plaça le blanc drapeau :
» Mon fils, faites la révérence. »

Ils vont au Carrousel pour voir la parade.

« Courons au palais de nos rois,
» Le tambour bat, le clairon sonne ;
» Vous y verrez tout à la fois,
» Fils de Thémis, fils de Bellone.

* Les buttes Saint-Chaumont.

» Ne cherchez point si les talens
» Y brillent moins que la naissance ;
» A nosseigneurs les courtisans,
» Mon fils, faites la révérence. »

« Saluez donc ce maréchal,
» Saluez donc cette marquise ;
» Et puis encor ce général,
» Et puis encor ces gens d'église.
» Même aux valets de ce séjour
» Montrez beaucoup de déférence ;
» Enfin vous êtes à la cour,
» Mon fils, faites la révérence. »

Docile aux leçons du papa,
Le jouvenceau se mit en nage ;
Pas un seul homme n'échappa
Au très-humble salut d'usage.
Il fit un rapide chemin :
Frotté d'altesse et d'excellence,
C'était à lui, le lendemain,
Que l'on faisait la révérence.

L'AVENIR.

Air de la romance de Téniers.

Dans vos refrains, joyeux fils d'Épicure,
Du présent seul vous vantez la douceur ;
Mais le plaisir qu'un instant vous procure
Suffit-il donc pour remplir votre cœur?
Malgré les biens que le présent dispense,
Et dont vos chants m'invitent à jouir,
Pour être heureux, j'ai besoin d'espérance :
Ah ! laissez-moi compter sur l'avenir !

Vous qui nagez au sein de l'abondance,
Et que le sort n'a jamais poursuivis,
Laissez redire à ma noble indigence
Que les hivers des printemps sont suivis.
On s'enrichit quelquefois sans intrigue ;
La main des dieux pour moi peut se rouvrir ;
Demain, peut-être, elle sera prodigue :
Ah ! laissez-moi compter sur l'avenir !

Quand parmi vous j'apprenais l'art de boire,
J'ai vu vos fronts, un instant déridés,
S'épanouir et rayonner de gloire :
Vous étiez fiers de vingt flacons vidés.
Ainsi que vous, je bois à coupes pleines ;
Mais si la mienne est prête à se tarir,
J'aime à songer aux vendanges prochaines :
Ah ! laissez-moi compter sur l'avenir !

Je sais, hélas ! qu'on prodigue, pour plaire,
L'encens à l'une, à l'autre des bijoux ;
Mais moi qui veux une amante sincère,
Je l'ai choisie au milieu des joujous.
Sur sa vertu mon esprit se repose ;
Pour mon bonheur l'amour la fait grandir :
C'est un bouton dont je guette la rose :
Ah ! laissez-moi compter sur l'avenir !

Berceau des dieux, des arts et du génie,
Champs désolés par le fer musulman,
Vous renaîtrez, car la noble Hellénie
De sa valeur s'est fait un talisman ;
De ses remparts, dont fume encor la cendre,
C'est vainement qu'on prétend la bannir ;
La liberté chez elle doit descendre :
Ah ! laissez-moi compter sur l'avenir !

Vous qui rampez sur les degrés du trône,
Et qui mentez à l'abri des autels,
Dans les conseils, à la tribune, au prône,
Vous n'irez plus médisant des mortels.
La Vérité du ciel a pris sa course ;
Au cœur des rois elle doit parvenir ;
Jamais ruisseau ne remonte à sa source :
Ah ! laissez-moi compter sur l'avenir !

Mais ces beaux jours, que de mes vœux j'appelle,
Vont amasser des rides sur mon front ;
L'Amour, alors, devenu plus rebelle,
Dans ses faveurs mêlera quelque affront :
Résignons-nous, malgré le froid de l'âge,
Un gai refrain peut encor rajeunir....
J'aurai du goût pour les plaisirs du sage :
Ah ! laissez-moi compter sur l'avenir !

A MES VOISINES.

Air : De ma Céline amant modeste.

Troupe jolie, aimables filles,
Que j'aime en tout bien tout honneur,
Cachez-moi vos grâces gentilles,
Ou bien plaignez mon pauvre cœur.
Contre le désir de vous plaire
Combien de fois j'ai combattu !
Ah ! si je vous vois comme un frère,
Sachez-moi gré de ma vertu. (*bis*)

Dès le matin votre présence
Se révèle par mon émoi ;
En négligé, sans indécence,
Vous voltigez autour de moi ;
Et j'aperçois, non sans ivresse,
Un sein légèrement vêtu....
Ah ! si mon œil seul le caresse,
Sachez-moi gré de ma vertu.

Souvent une robe nouvelle
De vos doigts brave les efforts ;
Et l'agrafe, pour eux rebelle,
N'obéit qu'à mes doigts plus forts.
Mais d'un point d'appui je dispose,
Pour en aider mon bras tendu...
S'il vous souvient où je le pose,
Sachez-moi gré de ma vertu.

Pendant la saison rigoureuse,
Si mon foyer s'éteint trop tôt,
Je réchauffe la plus frileuse
Sous la moitié de mon manteau ;
Mais de son beau corps que j'embrasse
Mon genou doit être connu...
Ah ! si ma main n'en prend la place,
Sachez-moi gré de ma vertu.

A certains jeux, dont l'innocence
Craindrait un œil observateur,
Vous m'ordonnez, pour pénitence,
De vous ravir une faveur.
Vous prenez goût au badinage ;
Plus d'un baiser me fut rendu.
Après le jeu, si je fus sage,
Sachez-moi gré de ma vertu.

Le soir, à la cloison j'écoute
Vos propos naïfs et badins,
Et j'apprends, sans que l'on s'en doute,
Votre mépris pour les blondins.
Leur courage, sous vos caresses,
Vous paraît trop vite abattu...
Ah ! si je vous tais mes prouesses,
Sachez-moi gré de ma vertu.

Lorsque des chants et de la danse
Le règne enfin vient de finir,
Du sommeil le profond silence
Succède aux accens du plaisir.
J'écoute encore, et d'un beau rêve
J'entends le détail ingénu...
J'entends le soupir qui l'achève :
Sachez-moi gré de ma vertu.

LA GIROFLÉE,

OU

SOUVENIRS DU VIEUX TEMPS.

Air nouveau de M. de Fourcy.

Giroflée, au printemps,
Viens orner la tourelle,
Et que ta fleur nouvelle
Rappelle le vieux temps.

Que j'aime à voir la giroflée
Sur de vieux murs croître et fleurir !
L'aspect de sa tige isolée
Du passé me fait souvenir.
Vieux palais, dont les voûtes sombres
S'embellissaient de marbre et d'or,
Vous n'êtes plus que des décombres
Où la nature règne encor.

Giroflée, etc.

Ici d'un lit c'était la place,
La châtelaine y reposait;
Là du mot j'aime on voit la trace;
Sans doute un page l'écrivait.
Aujourd'hui ton épais feuillage
De la fauvette est le séjour;
Et je devine à son ramage
Qu'on y fait encore l'amour.

Giroflée, etc.

L'amour se changeait donc en haine
Lorsqu'il n'était point écouté?
Oui, cet anneau vient de la chaîne
Où dut gémir mainte beauté.
La jeune Isaure y vit ses charmes
De baisers flétris et couverts...
Étais-tu là quand de ses larmes
La pauvre enfant mouillait ses fers?

Giroflée, etc.

Là-bas s'élève encor l'enceinte
Où le baron tenait sa cour.
De ce lieu pour la Terre-Sainte
En armes il partit un jour;
Mais aux fureurs de l'infidèle
Le Dieu vengé l'abandonna.
Oh! qu'il maudit, loin de sa belle,
Le nom de preux qu'on lui donna!

Giroflée, etc.

Plus loin l'on rendait la justice;
Le baron la rendait fort mal.
S'il était juste, par caprice,
Par nature il était brutal.
Pauvres vassaux, votre innocence
Ne brillait jamais qu'à moitié:
Vous n'aviez trésor ni naissance,
Étiez-vous dignes de pitié?

Giroflée, etc.

Un jour aux vassaux j'entends dire:
« Que de pleurs ces murs ont coûté!
» Renversons-les, pour en construire
» Un autel à la liberté. »

Soudain la hache met en poudre
Ces murs chéris du ménestrel;
Mais construit-on avec la foudre?
La liberté n'eut point d'autel!

Giroflée, au printemps,
Viens orner la tourelle,
Et que ta fleur nouvelle
Rappelle le vieux temps.

ENIVRONS-NOUS,

MAIS NE NOUS SOULONS PAS.

Air : Au temps heureux de la chevalerie.

Convenons-en, un peu de tempérance
Pour le bonheur est vraiment un besoin.
Rions, chantons, buvons, faisons bombance,
Ébattons-nous; mais n'allons pas plus loin.
Sans le passer, au but il faut atteindre,
Et le plaisir nous ouvre-t-il les bras?
Sans l'étouffer, amis sachons l'étreindre, (*bis*)
Enivrons-nous, mais ne nous soûlons pas.

Lorsque j'ai bu, ma pensée est ardente,
Un grain d'ivresse en a fait un flambeau;
Et dans son vol je devine ou j'invente
Quelque secret des arts et du vrai beau.
Souvent des cieux elle a touché l'enceinte;
Mais c'est qu'alors je la conduis au pas...
Un peu trop d'huile et la lampe est éteinte:
Enivrons-nous, mais ne nous soûlons pas.

La volupté... c'est le régal de l'ame;
Mais gardons-nous d'y puiser des regrets.
Adressons-nous aux lèvres d'une femme
Dont tout soit pur, le cœur et les attraits.
Pour éviter de rougir dans l'extase,
Comme les vins choisissons les appas;
Laissons tomber la lie au fond du vase...
Énivrons-nous, mais ne nous soûlons pas

Vous souvient-il des jours où la victoire
A pleine coupe abreuvait les vainqueurs?
Un roi soldat, convive de la gloire,
Buvait, alors, au festin des grandeurs.
Pour l'asservir il mesurait la terre,
Quand tout-à-coup s'est brisé son compas...
O conquérans que le sang désaltère,
Enivrez-vous, mais ne vous soûlez pas.

Quelque beau jour l'agile renommée
Peut s'envoler du pied de nos tombeaux;
Ah! savourons cette douce fumée,
Elle a troublé les plus chastes cerveaux.
Fasse Apollon qu'un rayon de la gloire
Tombe sur nous après notre trépas!
Mais mendier un encens provisoire!
Environs-nous, mais ne nous soûlons pas.

OH! MON DIEU! QUE JE SUIS CHANGÉ!

AIR : Et voilà comme tout s'arrange!

Sur l'âge on ne peut s'abuser :
J'ai conservé l'humeur frivole;
Mais j'ai beau rire et m'amuser,
Par jour c'est un jour qui s'envole.
Comme le temps a ravagé
Mon front à la peau blanche et lisse!
De rides, le voilà rongé...
Oh! mon Dieu que je suis changé
Depuis mon retour de nourrice! (*bis*)

J'étais joli comme un amour;
Au point qu'un peintre de village
Me fit poser tout un grand jour
Pour faire un ange à mon image.
Du buste j'étais dégagé;
Je n'avais de gros que la cuisse,
A présent je suis engorgé...
Oh! mon dieu! que je suis changé
Depuis mon retour de nourrice!

Quand j'avais l'âge du bambin,
Je dormais très-bien sur la dure;
On me voyait, dès le matin,
Braver la pluie et la froidure.
A présent, soit qu'il ait neigé,
Soit que le soleil nous rôtisse,
De flanelle je suis chargé...
Oh! mon Dieu! que je suis changé
Depuis mon retour de nourrice!

Je n'aimais pas ma sœur de lait,
Elle était pourtant bien gentille;
La pauvre enfant me déplaisait
Parce que c'était.... une fille.
Beau sexe, tu fus bien vengé
De mes dédains, nés du caprice;
Je t'aime comme un enragé...
Oh! mon Dieu! que je suis changé
Depuis mon retour de nourrice!

Tout m'était bon, tout m'allait bien,
Du pain bis jusqu'à la brioche;
Un jour je mis la part du chien
En réserve au fond de ma poche.
Moi, qui jadis aurais grugé,
Après la cuisine, l'office,
Je n'ai plus faim quand j'ai mangé...
Oh! mon Dieu! que je suis changé
Depuis mon retour de nourrice!

On me portait au cabaret
Où ma nourrice prenait place;
Mais si je buvais du clairet,
Je faisais piteuse grimace.
J'aurais volontiers échangé
Contre un petit bout de réglisse
Tout ce qu'on avait vendangé...
Oh! mon Dieu! que je suis changé
Depuis mon retour de nourrice!

J'étais bruyant dès le réveil;
Aussi, pour me rendre docile,
On me provoquait au sommeil
Par les refrains d'un vaudeville.
Ce soir, dans l'extase plongé,
Il s'en faut que je m'assoupisse,
Vos couplets m'ont bien corrigé;
Chantez, messieurs, je suis changé
Depuis mon retour de nourrice.

AMIS, JE CROIS A LA VIE ÉTERNELLE.

Air de Philoctète.

Dans ce bas monde où, près d'une douleur,
On peut trouver un doux baiser de femme,
Quelques beaux jours ont enivré mon ame ;
De là lui vint l'appétit du bonheur.
Aussi voyez comme elle ouvre son aile
Au vent des cieux, au souffle des houris...
Turc ou chrétien, je veux un paradis ; (*bis*)
Amis, je crois à la vie éternelle.

Ah! taisez-vous, taisez-vous, esprits forts ;
Votre raison froidement désenchante;
Le vrai, chez vous, s'il est vrai, m'épouvante ;
Chez moi l'erreur console sans effort.
J'aime à penser que le destin morcèle
Le long chemin qu'il me faut achever.
A des relais laissez-moi donc rêver :
Amis, je crois à la vie éternelle.

Quoi! sur la terre un mortel a passé
Quelques instans voués à la souffrance,
Et sans retour, sans lueur d'espérance,
A tout jamais son nom est effacé !
Mais aux baisers de gentille pucelle,
S'il n'a jamais exhalé son désir,
Dieu lui redoit cette part de plaisir.
Amis, je crois à la vie éternelle.

Vous dont la vie est un pesant fardeau,
Vous dont la soif avec de l'eau s'étanche,
Vous ne fêtez ni lundi ni dimanche,
Que je vous plains, cliens de Sangrado!
Mais, chez les morts, votre mal, moins rebelle,
Sera guéri par un moyen plus sûr :
Dieu vous dira : Buvez votre vin pur...
Amis, je crois à la vie éternelle.

Airs si jolis qu'enfanta Rossini
Et vous beaux vers écrits par Lamartine,
Il est donc vrai qu'une oreille mutine
Dénie, hélas ! votre charme infini.
Mais en mourant l'homme se renouvelle.
Pauvres d'esprit, quand vous irez aux cieux,
Vous trouverez une ame, un cœur, des yeux...
Amis, je crois à la vie éternelle.

Oui, cette vie est le premier degré
Dont le dernier nous conduit à la table
Où, doux et bon, le Créateur affable
Nous tient toujours un couvert préparé.
A ce banquet la volupté m'appelle...
La volupté !... si Dieu sut l'inventer,
N'en a-t-il fait rien que pour y goûter?
Amis, je crois à la vie éternelle.

MA DERNIÈRE PIÈCE D'OR.

Air : La lune n'est pas le soleil.

Je ne tiens pas à la richesse ;
Mais la misère me fait peur,
Et je contemple, avec tristesse,
De mon coffre la profondeur. (*bis*)
Pauvre jaunet, vieux garnisaire,
Gage brillant d'un temps meilleur,
Adieu ta case hospitalière !
Tu vas passer chez le changeur. (*ter*)

Des gens à la bourse légère,
Alors sevrés de bons repas,
Ont butiné sur mon salaire
Le prix de leurs joyeux ébats.
J'ai cru long-temps à la parole
Que semblait leur dicter l'honneur;
Mais on garde l'argent qu'on vole ;
Allons, allons chez le changeur.

Pourtant déjà le jour s'avance ;
Mon estomac fait peu de bruit,
Prenons encore patience
J'aurai bientôt gagné la nuit.
Et le sommeil..... mais non, Lisette
Ce soir vient chercher du bonheur ;
Je lui dois une collerette,
Allons, allons chez le changeur.

Lisette dit qu'elle m'adore :
Elle attendra bien quelques jours ;
D'ailleurs, quand on est jeune encore,
On a crédit chez les amours.
Pourtant si sa plainte importune
S'exhale sur un ton boudeur...
Je crains une nuit de rancune !...
Allons, allons chez le changeur.

J'y cours, et cependant j'hésite,
Et ce soupir est de regret.
Ce morceau d'or a le mérite
D'offrir un illustre portrait.
D'un héros c'est bien là l'image ;
Oui ; mais ce monarque vainqueur
Avait mis l'Europe en servage...
Allons, allons chez le changeur.

Quels cris ! quelle clarté soudaine !
C'est l'incendie et ses horreurs.
Des orphelins sont dans la peine :
Ah ! courons essuyer leurs pleurs.
Malheureux ! votre sort funeste
A privilége sur mon cœur !
Enfans, prenez ce qui me reste ;
Je n'irai pas chez le changeur.

RÉFLEXIONS D'UN HOMME DE RIEN.

Air : Allons, messieurs, tournez, tournez.

Ici-bas j'arrivai tout nu,
Et, depuis, la Fortune
Dans cet état m'a maintenu,
Au gré de sa rancune.
Elle a mis, je le vois enfin,
Un zéro pour ma dose.
Pourtant j'ai sommeil, soif et faim : (*bis*)
Je suis donc quelque chose ?

Je sais bien qu'avec du brocart
On n'a pas fait mes langes ;
Mais de serge une aune et le quart
Habilleraient deux anges.
Plus beau qu'un fils de sénateur,
Et frais comme une rose,
Je criais bien comme un voleur :
Je suis donc quelque chose ?

En classe, je connus Félix,
D'une paresse extrême ;
Il n'eût pas compté jusqu'à dix
Sans consulter Barême.
Mais je refaisais son total ;
Peut-être suis-je cause
Qu'il est receveur-général :
Je suis donc quelque chose ?

Lorsqu'à seize ans d'un feu nouveau
Je ressentis l'atteinte,
Au plus gros tendron du hameau
J'allai conter ma plainte.
Que fait de mieux un grand seigneur
Dans le boudoir de Rose ?
J'ai pris, j'ai donné du bonheur :
Je suis donc quelque chose ?

Un jour, chez l'ami Decourchant,
Docteur en savoir-vivre,
Joutons, dit-il en badinant,
A qui sera moins ivre.
Sans se griser, boire beaucoup,
Telle était notre clause ;
Je n'ai perdu que pour un coup :
Je suis donc quelque chose ?

Avec honneur et dignité
J'ai gardé ma misère ;
Dans les jours de l'adversité,
J'ai consolé ma mère.
Pour mes amis je suis de feu ;
Faut-il demander ? j'ose...
Sur presque rien je donne un peu :
Je suis donc quelque chose ?

Sur ce monde où j'aurai passé,
Comme un oiseau qu'on chasse,
Mon nom, par le temps effacé,
N'aura pas longue trace.
Mais il faudra, quand je mourrai,
Qu'en terre on me dépose ;
C'est toujours un trou que j'aurai...
Je suis donc quelque chose ?

LA JUSTIFICATION DU BUVEUR.

AIR : C'est la Prusse qui paîra.

Vous qui riez malignement
De mes hoquets, de mon allure,
Sachez que c'est par dévoûment
Qu'on me voit boire outre mesure.
Puisqu'au bruit d'un bouchon qui part
Vous vous cachez, hommes étranges ;
Il faut bien prendre votre part,
Ou laisser perdre les vendanges.

Apprenez donc que de la treille
C'est à flots que coule le jus :
Que chacun boive sa bouteille,
Je ne m'enivrerai plus. (*bis*)

Des maux qui frappent mon prochain
Bien souvent mon ame est froissée ;
Alors j'ai recours au bon vin,
Je dépayse ma pensée.
Buvez, mortels ; car le plaisir
Peut dérouter un sort à craindre ;
Vous aurez, vous, moins à souffrir,
Et moi j'aurai moins à vous plaindre.

Apprenez donc que de la treille, etc.

On a baptisé d'un beau nom
La sottise la plus ignoble :
Oui, l'épithète de *bon ton*
Cache la haine du vignoble.
Les grands préfèrent au flacon
L'ennui, l'orgueil, le musc et l'ambre ;
Chez eux l'enfer est au salon,
Le paradis dans l'anti-chambre...

Apprenez donc que de la treille, etc.

Aux charmes de la volupté
Qu'un peu de vin parfois ajoute,
Quand on boit avec la beauté,
Au même verre et goutte à goutte !
La gaîté fournit à nos chants
Ses mots heureux, ses étincelles ;
Et si nos pieds sont trébuchans,
Notre ame vole à tire-d'ailes...

Apprenez donc que de la treille, etc.

L'ivresse ne rend pas toujours
Notre démarche chancelante ;
J'en veux pour témoins ces beaux jours
Où reparut la paix trop lente.
Alors le vin n'a pas manqué ;
On buvait, car on était libre ;
Et quand les peuples ont trinqué,
L'Europe était en équilibre.

Apprenez donc que de la treille, etc.

Pour boire auprès de l'Éternel
J'attends en paix ma dernière heure ;
Car si le plaisir vient du ciel,
C'est qu'au ciel le plaisir demeure.
Il est là-haut, j'en suis certain,
Du vieux Bourgogne à la buvette
Dont Dieu verse chaque matin
L'échantillon dans la burette.

Apprenez donc que de la treille
C'est à flots que coule le jus :
Que chacun boive sa bouteille,
Je ne m'enivrerai plus.

LE VIEILLARD DE BONNE FOI.

AIR : De ma Céline amant modeste.

Pauvres enfans, on vous accuse ;
Mais non, vous n'êtes pas pervers.
Laissez le censeur qui s'abuse
Prendre vos goûts pour des travers.
A son insu, dans sa vieillesse,
De vos plaisirs il est jaloux...
Moi, j'en conviens, dans ma jeunesse, (*bis*)
J'étais vaurien tout comme vous.

On blâme votre étourderie,
Votre gaîté, vos jeux bruyans :
Eh ! n'est-ce pas à la Folie
Qu'on doit les jours les plus brillans ?
En vain vous parle la Sagesse :
Des grelots le bruit est si doux !...
Moi, j'en conviens, dans ma jeunesse,
J'étais volage comme vous.

Si l'on vous dit que l'abondance
Par le travail doit s'obtenir,
Vous répondez que l'espérance
Vous promet un riche avenir.
Vous dépensez avec largesse
Pour des baisers, pour des glouglous...
Moi, j'en conviens, dans ma jeunesse,
J'étais prodigue comme vous.

Souvent dans vos mains s'est fanée,
Au matin de son premier jour,
La fleur promise à l'Hyménée,
Au mépris des droits de l'Amour.
J'excuse l'ardeur qui vous presse :
On prend si tard le nom d'époux !
Moi, j'en conviens, dans ma jeunesse,
J'étais un gaillard comme vous.

Au souvenir d'une victoire,
Vous portez envie aux guerriers,
Et vous voulez qu'un jour l'histoire
Compte vos palmes, vos lauriers.
Vous oubliez, dans votre ivresse,
Qu'il est du sang caché dessous.
Moi, j'en conviens, dans ma jeunesse,
J'aimais la gloire comme vous.

Chacun des jours de cette vie
Nous conduit tous vers le néant ;
Mais pour vous la route est fleurie,
Vous la descendez en jouant.
Vous y courez avec vitesse,
Sans réfléchir au rendez-vous...
Moi, j'en conviens, dans ma jeunesse,
J'oubliais la mort comme vous.

Au sort d'un vieillard qui chancelle,
Votre orgueil n'est pas préparé ;
Vous y viendrez... qu'une étincelle
Vous reste au moins du feu sacré.
Moi, dans mes retours de tendresse,
Par le succès je suis absous,
Et je retrouve ma jeunesse,
Quand vous m'accueillez parmi vous.

LE TEMPS EST DUR.

AIR : Applaudissez aux chansons d'un vieillard.

Dans tes attraits, dans ta grâce ingénue,
Lise, crois-moi, prends tes plus beaux atours.
Dame Vénus était à moitié nue ;
C'était pourtant la reine des Amours.
J'ai dépensé beaucoup d'or pour te plaire,
Et sans effroi je ne puis y songer :
L'amour s'en va lorsque vient la misère.
Le temps est dur, Lise, il faut ménager.

A des fichus de gaze ou de dentelle,
Lise, dis-moi, doit-on avoir recours ?
S'il fait bien froid, malgré la gaze on gèle ;
Et, s'il fait chaud, à quoi sert son secours ?
Jusqu'au menton tu montes ton corsage,
Où l'œil au moins voudrait pouvoir plonger.
Que ton marchand prodigue moins l'aunage.
Le temps est dur, Lise, il faut ménager.

De l'opéra les brillantes chimères,
Malgré ma gêne, ont pour toi des appas.
Qu'y trouvons-nous ? des danses moins légères,
Des chants moins purs que tes chants et tes pas.
Les jupons courts jadis avaient un temple,
Mais les jupons ont dû se rallonger...
N'allons pas là prendre un mauvais exemple.
Le temps est dur, Lise, il faut ménager.

De ton boudoir chaque meuble se fane ;
Bientôt, hélas ! il faudra remplacer
Ton canapé, ce siége si profane,
Mais dont l'amour ne saurait se passer ;
Et cependant moitié de sa surface,
Si tu voulais, serait hors de danger.
Pour tous les deux n'y prenons qu'une place.
Le temps est dur, Lise, il faut ménager.

Dans les salons où règne l'étiquette,
Il faut jouer quand on est du bon ton.
Restons chez nous, car souvent je regrette
L'or et le temps que l'on perd au boston.
Au paradis que l'alcôve nous offre
Préfères-tu l'espoir d'un gain léger?
Les doux baisers ne sortent point du coffre...
Le temps est dur, Lise, il faut ménager.

Chaque matin, dès que paraît l'aurore,
Pour ton café, tu cours à mon argent.
Si l'appétit au réveil te dévore,
Chez toi Gaster est par trop exigeant;
Viens l'abuser en partageant l'ivresse
Où je perdrais le boire et le manger.
Ah! reste encor sur le sein qui te presse:
Le temps est dur, Lise, il faut ménager.

LE BIEN PERDU NE PROFITE A PERSONNE.

Air de Philoctète.

L'homme est toujours l'œil tourné vers les cieux,
Et de ses vœux lassant la Providence,
Arrive-t-il au sein de l'abondance?
Nous le voyons avare et soucieux.
Un tel travers vaut bien qu'on le chansonne;
Disons au fou qu'un métal éblouit:
L'or n'est de l'or qu'autant qu'on en jouit. (*bis*)
Le bien perdu ne profite à personne.

Ah! si du moins l'avare était le seul
A qui l'on pût reprocher sa folie!
Mais vous aussi, femme jeune et jolie,
Vous entourez vos attraits d'un linceul.
S'il fait bien froid, d'accord, je vous pardonne;
Mais en juillet, au nom de vos appas,
Sans les montrer, ne nous les cachez pas:
Le bien perdu ne profite à personne.

Le monde est plein d'inutiles trésors,
Où l'on nous voit puiser par bienséance;
Mais le bonheur vaut mieux que la science,
Et l'Institut ne tient pas chez les morts.
C'est donc en vain que le sage raisonne
Sur la morale et son austère loi;
Je crains l'ennui. Philosophe, tais-toi!
Le bien perdu ne profite à personne.

La jeune fille attend le jour d'hymen
Pour accorder sa plus douce caresse;
Elle rebute un amant qui la presse,
Et le trépas peut la saisir demain.
Charmante enfant, ta dernière heure sonne!
Que vas-tu faire, hélas! de ta vertu?
Les saints en ont à bouche que veux-tu!
Le bien perdu ne profite à personne.

Lorsque Noé rêva le jus divin,
De sa trouvaille il dut être bon juge:
Il naviguait sur les eaux du déluge,
Et prit grand soin d'en préserver le vin.
Et vous, buveurs, quand la vendange est bonne,
Pourquoi gâter vos meilleures boissons?
Pourquoi, surtout, altérer les poissons?
Le bien perdu ne profite à personne.

Sous le beau ciel où Dieu nous a placés,
Qu'avons-nous fait du rire héréditaire?
Le sérieux, en attristant la terre,
A fait de nous des cœurs faux et glacés.
De par Momus, Français, je te l'ordonne,
Fais des chansons, et ne fais pas des lois;
Que gagne-t-on à régenter les rois?
Le bien perdu ne profite à personne.

LES DÉBRIS DU VIEUX TEMPS.

Air : Au temps heureux de la chevalerie.

Quand des vieux jours j'ai frondé sur parole
Les goûts, les mœurs, je me crus éloquent;
Mais aujourd'hui, d'un regard moins frivole,
J'en vois l'or pur à côté du clinquant.
Non, du vieillard les regrets fanatiques
Ne sont pas tous dignes de nos mépris.
Choisissons bien parmi tant de reliques, (*bis*)
Et du vieux temps sauvons quelques débris.

On n'entend plus le choc joyeux des verres :
Le bon ton veut qu'on boive sans gaîté.
Ah ! cet usage, honoré chez nos pères,
Pour son motif doit être respecté.
Trinquer du cœur était chose impossible,
Mais le cristal pour leurs cœurs étant pris,
Trinquer c'était rendre l'ame visible.
Du bon vieux temps sauvons quelques débris.

Saurions-nous bien, sans consulter l'histoire,
Que nous sortons d'un peuple hospitalier?
Chez nos aïeux, si j'ai bonne mémoire,
On tenait douze assis près du foyer :
La belle chambre était celle d'héberge ;
Un doux accueil en dorait les lambris...
Ne laissons plus nos amis à l'auberge ;
Du bon vieux temps sauvons quelques débris.

La main du siècle avec irrévérence
Frappe à la fois et les rois et les dieux ;
Et sans respect pour l'antique croyance,
Pour Saint-Simon veut remeubler les cieux.
Avant ce dieu de la nouvelle école,
L'homme de bien rêvait un Paradis ;
Est-ce une erreur? du moins elle console.
Du bon vieux temps sauvons quelques débris.

Chanteurs futurs, qu'au bout d'un télescope
J'aime à lorgner dans des siècles lointains,
De mes chansons j'ai tiré l'horoscope!
Et jusqu'à vous n'iront pas mes refrains.
Si du néant un hasard les évoque,
La vétusté leur donnera du prix ;
Je serai vieux, bien vieux à votre époque...
Du bon vieux temps sauvez quelques débris.

LE CURÉ DE VILLAGE.

AIR : Vaudeville d'Arlequin Cruello.

Un bon curé, gras et vermeil,
Répétait aux fidèles :
Dieu fit la lune et le soleil,
L'homme fit les chandelles.
Puisqu'on éclaire ainsi vos pas,
Avec quelques soins ici-bas,
Vous pouvez tout connaître.
Grands amateurs de vérités,
Grands pourchasseurs de raretés,
Tâchez,
Cherchez,
Vous trouverez peut-être.

Je n'avais ni grec ni latin
Le jour de ma tonsure ;
Mais, en écolier clandestin,
J'ai bien gagné ma cure ;
D'Horace, qu'on m'avait prêté,
J'apprenais la latinité,
Sous l'ombrage d'un hêtre.
Pensez-vous qu'un auteur païen
Puisse former un bon chrétien ?
Tâchez,
Cherchez,
Vous trouverez peut-être.

En est-on moins de chair et d'os
Pour être dans l'Église ?
Pardonnez-moi donc mes propos
Tachés de gaillardise.
Si vous saviez tout ce que dit
Un tendron coupable et contrit
A l'oreille du prêtre !
Tout ce que je sais sur le mal,
Vient-il du confessionnal ?
Tâchez,
Cherchez,
Vous trouverez peut-être.

Sur mes burettes en étain
Vous avez l'œil sans cesse ;
Car vous pensez, chaque matin,
Que je triche à la messe.
Or, apprenez que mon tonneau
Et la fontaine où je mets l'eau
Ont même diamètre.
De ma cuisine à mon caveau
Portez la sonde et le niveau,
Tâchez,
Cherchez,
Vous trouverez peut-être.

On fit un scandaleux éclat
Quand, manquant de mémoire,
J'entonnai le *Magnificat*
Sur un vieil air à boire.
Ayez donc plus de charité ;
Car enfin, lorsque j'ai chanté
Le refrain d'un gai maître,
Ai-je voulu faire un péché,
Ou ma langue a-t-elle fourché ?
Tâchez,
Cherchez,
Vous trouverez peut-être.

Vous avez l'esprit clairvoyant :
Si les jeûnes jaunissent,
Vous vous dites en me voyant :
Les baisers rajeunissent.
Près de mon lit plus d'un dévot
A vu certain petit sabot
Que je ne saurais mettre.
Va-t-il à la vieille Alison?
Ou bien à la jeune Suzon ?
Tâchez,
Cherchez,
Vous trouverez peut-être.

J'ai pris mes leçons de pasteur
Sur la bonne nature ;
Par amour pour le Créateur
J'aimai la créature.
Sur le chemin qui mène aux cieux,
J'ai laissé briller à vos yeux
Les fleurs que Dieu fit naître.
Un homme à plus robuste foi
Vaudrait-il donc bien mieux que moi ?
Tâchez,
Cherchez,
Vous trouverez peut-être.

COMMENT VA BÉRANGER?

AIR DE FOURCY : Maudit printemps, reviendras-tu toujours ?

Des bords fortunés de la Loire,
Ami, te voilà de retour.
Viens-tu des lieux où de la gloire
L'enfant chéri cache sa cour?
Sur sa muse, à regret lointaine,
Que de beaux vers à vendanger !
Toi qui reviens de la Touraine,
Ami, dis-moi, comment va Béranger ? } (bis.)

Comme les vents soulèvent l'onde,
Sa verve, brisant tous les freins,
Naguère a soulevé le monde
Avec l'appui de ses refrains.
Devant sa rime souveraine
Les rois ont dû déménager.....
Toi qui reviens de la Touraine,
Ami, dis-moi, comment va Béranger ?

Mais quand la terre fut émue
A ses accens de liberté,
Comme le rossignol en mue,
Il oublia qu'il eut chanté.
Il s'envola de plaine en plaine,
Jusqu'aux portes de l'étranger.
Toi qui reviens de la Touraine,
Ami, dis-moi, comment va Béranger ?

A-t-il remarqué ce présage ?
Enfin s'apaisent les autans.
Puisqu'il avait prédit l'orage,
Il devrait chanter le beau temps.
Encore un tournoi dans l'arène
Qu'il n'a fui qu'après le danger ! ! !
Toi qui reviens de la Touraine,
Ami, dis-moi, comment va Béranger ?

Peut-être a-t-il gardé rancune
Aux chaînons qui restent encor
Des fers que sa muse opportune
Avait brisés dans son essor.
Mais à l'enfant doit-on sa haine
Pour n'avoir pu le corriger ?....
Toi qui reviens de la Touraine,
Ami, dis-moi, comment va Béranger ?

Ah ! s'il savait combien la France
A besoin de nouveaux joujoux,
Des trésors de son éloquence
Les bribes tomberaient sur nous !
Pour adoucir plus d'une peine,
Qu'Apollon se fasse berger.
Toi, qui reviens de la Touraine,
Ami, dis-moi, comment va Béranger ?

LE JEUNE HOMME ET LE VIEILLARD.

Air : Cruel vieillard, retourne sur tes pas.

Quand votre cœur, de jouissance avide,
Savoure encor les baisers, les glouglous,
Vous murmurez pour un front qui se ride :
Ingrat vieillard, par pudeur, taisez-vous.
Plaignez plutôt, plaignez l'impatience
D'un pauvre enfant qui rêve des printemps.
J'espère ; mais qu'est-ce que l'espérance ?
Qui sait, hélas ! si je vivrai vingt ans ? (*bis.*)

De vos cheveux l'âge a blanchi l'ébène,
Et, cependant, sous ses doigts amoureux
La jeune Élise en touffe les ramène
Pour embellir ce front si soucieux.
Baisez cent fois cette main qui restaure,
D'un vieux rosier, les rameaux jaunissans ;
Moi, je ne suis qu'un bouton près d'éclore;
Qui sait, hélas ! si je vivrai vingt ans ?

Si je relis les pages de l'histoire,
Je vous retrouve au nombre des guerriers ;
Des jours passés vous avez vu la gloire,
Vous avez eu votre part de lauriers.
Et moi, pauvret ! lorsque je vins au monde,
On hébergeait les Russes triomphans...
Aussi qu'un jour, enfin, le canon gronde !!!
Mais, las ! qui sait si je vivrai vingt ans ?

Lorsque la paix vint enchaîner vos armes,
Tantôt la plume et tantôt le pinceau
Sur vos loisirs ont répandu leurs charmes
Et vous ont fait quelque renom nouveau.
Oui, les beaux-arts ont repris leur empire,
Et leurs autels ont reçu votre encens.
Moi, j'ai déjà préludé sur la lyre ;
Mais, las ! qui sait si je vivrai vingt ans ?

Ne voyez plus avec un œil d'envie
Et mes yeux bleus et mes fraîches couleurs.
Nos âges sont les deux bouts de la vie ;
Leur intervalle est un chemin de fleurs.
Achevez-en la course fortunée,
Et si vos pas deviennent plus pesans,
C'est que le soir termine la journée...
Et moi... qui sait si je vivrai vingt ans ?

LE VIEILLARD ET LE JEUNE HOMME.

Air de Philoctète.

Vous dont le cœur a deviné l'amour,
A mes vieux ans vous qui portez envie,
Joli blondin, qui commencez la vie,
Pour murmurer vous aurez votre tour.
Que voulez-vous? une arrière-existence,
De froids hivers après de doux printemps?
Pauvre petit, arrêtez-vous à temps : } (*bis.*)
Le souvenir ne vaut pas l'espérance. }

De cette main qui me caresse encor
Votre enthousiasme a fait sa protégée;
Apprenez donc que je l'ai surchargée
Moins de baisers que de brillans et d'or.
Pour prodiguer j'aimais mon opulence;
Mais, un par un, s'envolent mes bijoux.
Vous grandissez... peut-être ils sont pour vous.
Le souvenir ne vaut pas l'espérance.

Vous avez vu, sur mon front balafré,
Un peu de gloire et de nombreux services.
Modérez-vous, le temps des cicatrices
Peut revenir sans être désiré.
Rêvez, enfant, rêvez que la vaillance
N'a rien d'amer pour l'âme des vainqueurs.
Sur mes lauriers, moi, j'ai versé des pleurs.
Le souvenir ne vaut pas l'espérance.

Oui, des beaux-arts j'encensai les autels,
Oui, j'ai reçu quelques pompeux suffrages;
Mais iront-ils dans le lointain des âges
Porter mes vers et les rendre immortels?
Au double mont votre muse s'élance,
Ah! laissez-la s'abuser en chemin.
De mes débuts j'ai vu le lendemain...
Le souvenir ne vaut pas l'espérance.

Le monde est beau pour de tout jeunes yeux.
Oh! quel trésor que votre âme nouvelle!
A chaque instant le plaisir s'y révèle;
C'est du bonheur qui vous tombe des cieux.
Que n'ai-je encor votre aimable innocence!
Moi qui vis tout et n'ai rien oublié!
Sur le dégoût mon cœur s'est replié...
Le souvenir ne vaut pas l'espérance.

HÉ! ALLEZ DONC! VOUS N'ALLEZ GUÈRE!

Air : Et lon lan la landerirette.

La marotte du poète
Fait un palais d'un grenier,
De la vie un jour de fête;
Mais il faut bien l'employer.
Dans la joyeuse carrière,
Mortels, courez à grands pas.
Hé! allez donc, vous n'allez guère,
Hé! allez donc, vous n'allez pas.

Par les glouglous, les caresses,
Laissez-vous donc allécher.
Avec les brocs, les maîtresses,
Bien jouir n'est pas pécher.
Ah! si Dieu vous voyait faire,
Il en rirait aux éclats...
Eh! allez donc, vous n'allez guère,
Eh! allez donc, vous n'allez pas.

Vous rêvez des jours prospères
Comme au temps de nos aïeux;
Mais s'ils buvaient bien, vos pères,
Ils mangeaient encore mieux.
En exhumant leur poussière,
Rattrapez-nous deux repas.
Eh! allez donc, vous n'allez guère,
Eh! allez donc, vous n'allez pas.

De la sombre politique
Paralysez les propos;
Sans attendre la réplique,
Répondez par de bons mots.

La gaîté vive et sincère
Est l'éteignoir des débats.
Hé ! allez donc, vous n'allez guère,
Hé ! allez donc, vous n'allez pas.

Époux, dans votre ménage
J'ai porté mon examen ;
Le genre humain, votre ouvrage,
Doit-il donc finir demain?
Quoi ! vous êtes en arrière,
Et vous vous croisez les bras !...
Hé ! allez donc, vous n'allez guère,
Hé ! allez donc, vous n'allez pas.

Non, la gloire n'est pas vaine
Pour qui sait la conquérir,
Et les arts sont un domaine
Qu'on peut encore agrandir.
Sur son extrême frontière
Amis, piquez le compas...
Hé ! allez donc, vous n'allez guère,
Hé ! allez donc, vous n'allez pas.

Sans l'invoquer, faisons fête
Au diable, s'il est joyeux ;
Sans le braver, tenons tête
A l'éclair qui part des cieux.
Qu'on craigne ou non le tonnerre,
En a-t-on moins son fracas ?
Hé ! allez donc, vous n'allez guère,
Hé ! allez donc, vous n'allez pas.

Bien qu'il ait su boire et plaire,
Dès l'instant qu'il est âgé,
L'homme est comme un locataire
Sous l'empire du congé.
O mort ! fauchez sur la terre :
Il faut de l'air ici-bas.
Hé ! allez donc, vous n'allez guère,
Hé ! allez donc, vous n'allez pas.

LA FÉRULE.

Air du vaudeville de Préville et Taconnet.

Dignes amis, lorsqu'au son de la lyre
Vous démurez la porte du Caveau,
Je vois d'ici plus d'un sage sourire ;
J'entends déjà pousser plus d'un bravo. (*bis.*)
Le monde est vieux, si vieux qu'il en radote,
Et la folie en dirigeant ses pas,
Livre ses doigts aux coups de la marotte :
Frappons, amis, frappons à tour de bras.

Eh quoi ! morbleu ! lorsque la Providence
Mûrit toujours les raisins de Mâcon,
On n'ose plus, sous peine d'indécence,
Boire un vin pur et fêter le flacon.
Ai-je besoin d'une raison maussade
Quand je poursuis le plaisir pas à pas?
C'est au cerveau que la France est malade :
Frappons, amis, frappons à tour de bras.

Dieu nous créa pour aimer, rire et boire ;
C'est la leçon qu'il nous faut répéter.
Aux rêve-creux, aux amans de la gloire,
Jusqu'à refus nous devons la chanter.
Et si quelqu'un prétend nous contredire,
Couvrons sa voix de nos joyeux hourras...
L'enfant battu parfois se prend à rire...
Frappons, amis, frappons à tour de bras.

Mais, croyez-moi, sachons prêcher d'exemple ;
Amusons-nous, et nos fronts réjouis,
Mis pour enseigne à la porte du temple,
Feront appel à tous les insoumis.
Accueillons-les avec quelque indulgence ;
Mais de leur cœur s'il s'échappe un hélas !
Ah !.. guerre à mort à leur impénitence :
Frappons, amis, frappons à tour de bras.

L'ENFANT DE CHŒUR *.

(1816.)

Air : Tout le long, le long de la rivière.

Jadis j'étais enfant de chœur,
Et j'encensais, avec ardeur,
Bien moins le souverain suprême
Que monsieur le curé lui-même,
Dont l'air, tout doux, modeste et bon,
Cachait l'âme d'un vrai démon.
Combien de fois il dit en ma présence :
Comme à tour de bras le petit drôle encense !
Comme à tour de bras il nous encense !

En grandissant il fallut bien
Changer d'état : je n'avais rien ;
Mais, après si long temps d'étude,
J'avais conservé l'habitude
De plier joliment le bras :
J'espérai sortir d'embarras ;
Et j'écrivis aux fils de la puissance :
A grands tours de bras, messieurs, je vous encense,
A grands tours de bras je vous encense.

D'abord je réussis fort mal :
J'allais tout droit à l'hôpital.
La fortune était favorite
Des preux d'alors, gens de mérite,
En vain j'en faisais des Césars ;
Je n'eus pas un de leurs regards :
Mais, tout-à-coup, il plut des sots en France ;
A grands tours de bras, vite je les encense,
A grands tours de bras je les encense.

» Prêtez l'oreille à mes accens,
» Héros fameux, long-temps absens ;
» Vous qui, par le droit d'héritage,
» Avez le mérite en partage,
» Qu'importe l'oubli de vos noms ?
» Vos aïeux étaient des lurons,
» Et vos lauriers croissaient en votre absence :
» A grands tours de bras, messieurs, je vous encense,
» A grands tours de bras je vous encense.

Jugez l'effet de mes discours
Dans les hôtels et dans les cours.
Les coffres-forts, trop long-temps vides,
Pleins, s'offrent à mes mains avides ;
Je pourrais y puiser encor :
Mais, satisfait de mon trésor,
Je ne veux plus viser qu'à l'importance,
Et pour l'obtenir, messieurs, je vous encense,
Et pour l'obtenir je vous encense.

* Cette chanson et quelques autres sont les essais de ma muse ; j'aurais dû en corriger les négligences, mais le public avait daigné les accueillir avec leurs défauts : j'ai cru devoir en conserver la rédaction primitive.

A LISE,

A L'OCCASION DU RETRAIT DE LA LOI DE LA PRESSE.

Air : Je ne puis rien au malheur de la France.

Ah ! livrons-nous, ô ma jeune maîtresse,
Aux doux transports que je vois éclater ;
Hier encor, au sein de la tristesse,
Nous n'osions plus ni rire ni chanter ;
Mais aujourd'hui la liberté respire,
Et se réveille aux paroles d'un roi...
Lise, remets des cordes à ma lyre, } (bis.)
J'irai ce soir chanter auprès de toi. }

Quelques bons mots ne seront plus des crimes
Qui de Thémis enflammaient le courroux...
Tu penseras, je chercherai des rimes,
Et j'écrirai nos vers sur tes genoux.
Ah ! que Tartufe un jour puisse les lire,
Et dans son cœur ils porteront l'effroi...
Lise, remets des cordes à ma lyre,
J'irai ce soir chanter auprès de toi.

Dans les palais l'allégresse est moins vive,
Oh ! qu'on rit mal sous de brillans atours !
N'en doutons pas, notre gaîté naïve
Fait mal à voir aux demi-dieux des cours.
Notre bonheur ferait-il leur satire ?
Eh bien ! osons leur demander pourquoi...
Lise, remets des cordes à ma lyre,
J'irai ce soir chanter auprès de toi.

De Liancourt nous ferons la louange ;
Nous redirons que la France est en deuil ;
Ah ! que du moins notre douleur le venge
De l'attentat commis sur son cercueil !
Jusqu'à nos pleurs on voulait tout proscrire,
Et d'être ingrats on nous faisait la loi...
Lise, remets des cordes à ma lyre,
J'irai ce soir chanter auprès de toi.

Nous relirons quelques pages d'histoire ;
Je veux revoir celle du bon Henri.
Il faut des rois rafraîchir la mémoire,
Et répéter comment il a péri.
Devait-il donc payer par le martyre
L'auguste appui qu'il prêtait à la foi ?
Lise, remets des cordes à ma lyre,
J'irai ce soir chanter auprès de toi.

Pour célébrer dignement la journée
Où le génie a reconquis ses droits,
Nous sablerons de vin de Romanée,
Moi plusieurs coups, toi, Lise, quelques doigts ;
Dans nos toasts, du bel art d'Elzevire
Les plus jaloux nous permettront l'emploi.
Lise, remets des cordes à ma lyre,
J'irai ce soir chanter auprès de toi.

Mais vers l'amour la mélodie entraîne,
Bientôt ta voix tendrement languira ;
Tes chants moins purs ne s'entendront qu'à peine,
Et de plaisir ta main s'engourdira.
Dans ce moment, précurseur du délire,
Pour m'appeler lève les yeux sur moi...
Lise, remets des cordes à ma lyre,
J'irai ce soir chanter auprès de toi.

AH ! QU'IL EST BON DE RESTER DANS SON LIT !

Air de Téniers.

Il est des gens dont l'âme est poursuivie
Par des désirs qui chassent le sommeil ;
Dans les labeurs ils consument leur vie...
Que leur faut-il ? du pain et du soleil.
O mes amis, ma doctrine est moins folle ;
Faut-il donc voir que le soleil luit ?
Dieu l'a promis, j'en crois Dieu sur parole :
Il est si doux de rester dans son lit. (*bis.*)

J'en suis certain, le philosophe aimable
Qui, le premier, forgea le Paradis,
Jusqu'à minuit devait rester à table,
Et dans ses draps, jusqu'entre neuf et dix.
Sans la douceur, friande et salutaire,
De ce repos où le cœur s'amollit,
Eût-il jamais trouvé mieux que la terre ?
Ah ! qu'il est bon de rester dans son lit.

En vérité le monde est bien injuste
Quand il flétrit du nom de paresseux
L'homme de bien dont le bon goût s'ajuste
Aux matelas, aux oreillers moelleux.
Le faux sommeil qui nous tient dès l'aurore,
C'est le bonheur pris en flagrant délit :
L'œil est ouvert ; mais l'âme dort encore.
Ah ! qu'il est bon de rester dans son lit.

Mais choisissons : Fi ! du lit mortuaire
Où deux époux partagent un linceul...
Vive le lit où le célibataire
Dort sans voisin, et s'éveille tout seul !
A son regard la volupté déroule
Mille tableaux qui charment son esprit ;
Sur le duvet c'est un roi qui se roule.
Ah ! qu'il est bon de rester dans son lit.

Mais si je fais un trône de ma couche,
Assez souvent j'aime à le partager ;
J'aime quand Lise, un sourire à la bouche,
M'y fait bondir d'un soubre-saut léger.

Qu'avec plaisir, alors, je m'acoquine
Aux doux ébats, aux instans de répit!
Les draps sont chauds quand l'amour les bassine!
Ah! qu'il est bon de rester dans son lit.

Et lorsque enfin l'amour me donne trêve,
Sans m'endormir je referme les yeux;
Sur mes plaisirs je fais un joli rêve,
Je mets la main à l'ouvrage des dieux.
Je rectifie, en un clin de paupière,
Ce qui, trop grand, serait mieux plus petit;
Bref, c'est l'instant où mon bonheur digère:
Ah! qu'il est bon de rester dans son lit.

L'AMOUR, LE VIN ET LES BEAUX VERS.

AIR de la Borne du Cabaret.

Lise, tu crois qu'amour m'engage;
Mais tu juges sur les dehors.
Oui, j'en conviens, de ton corsage
J'admire les naissans trésors;
J'aime le corail de ta bouche
Et l'ébène de tes cheveux;
Je tressaille si je te touche...
Mais je ne suis pas amoureux. (*ter.*)

Buveur!... ce mot t'échappe encore:
O Lise, je vais me fâcher...
Eh quoi! si la soif me dévore,
Je ne pourrai pas l'étancher!
Oui, quand je bois, ma coupe est pleine,
Et je perds, si je suis en train,
La raison plutôt que l'haleine...
Pourtant je n'aime pas le vin.

Maintenant, c'est donc à mon livre
Que va s'en prendre ton humeur.
Apprends, hélas! qu'il me délivre
De l'ennui d'un monde trompeur.
Mais à l'utile je limite
Son secours contre les travers;
Horace, Ovide, ont leur mérite...
Pourtant je n'aime pas les vers!

Amis, quelle était ma sottise,
Je voulais renier mes dieux!
Soudain j'entends redire à Lise
Les vers les plus harmonieux;
L'Amour y portait la couronne,
Pour le bonheur de l'univers.
« C'est assez, dis-je à la friponne;
» Oui, j'en conviens, j'aime les vers! »

« Moi, j'aime ce nectar, dit Lise;
(L'Aï moussait en écumant;)
» Prends, et réponds avec franchise:
» N'est-ce pas trop? — Oh! non, vraiment.
» Pourrais-je à petite mesure
» Boire ce champagne divin?
» Verse encore, je t'en conjure,
» Oui, j'en conviens, j'aime le vin!

Son fichu, qu'elle m'abandonne,
A mes regards livre son sein,
Et les baisers qu'elle me donne
Autorisent plus d'un larcin.
La vérité, pendant l'ivresse,
M'échappe en de naïfs aveux:
« Encor! disais-je à ma maîtresse;
» J'en conviens, je suis amoureux. »

Puisqu'en dépit de la sagesse,
L'homme est créé pour le plaisir,
Doit-il s'accuser de faiblesse
S'il cède à la voix du désir?
Amis, n'y soyons pas rebelles;
On l'écoutait jadis aux cieux.
Du vin, des beaux vers et des belles,
Heureux qui peut être amoureux!

ADIEUX A LA DUCHESSE DE BERRY,

A SA SORTIE DE BLAYE.

Air : Est-il un sort plus affreux que le mien ?

Un bon vent souffle, et le ciel est serein,
Pour le départ s'agite l'équipage ;
Allons, princesse, envoyez au rivage
Pour vos adieux un salut de la main ;
Mais de ce trône où vous touchiez naguère
N'emportez pas le souvenir à bord :
Un foudre éteint ne se rallume guère.
Qu'un Dieu de paix vous conduise à bon port. (*bis.*)

Mais, en partant, soufflez sur le flambeau
Qu'ont allumé nos discordes civiles.
Eh ! quand sa flamme incendîrait nos villes,
Votre voyage en serait-il plus beau?
A sa lueur vous cherchiez la couronne
Que vos parens nous réclament encor ;
Déjà, deux fois, on leur en fit l'aumône ;
Qu'un Dieu de paix vous conduise à bon port.

En d'autres temps, le bronze eût résonné
Pour annoncer que vous étiez féconde ;
Pour demander un nouveau sceptre au monde...
Souvenez-vous du prince Dieudonné.
Ah ! je le sens, vos douleurs sont cruelles ;
Car vous pleurez sur cet enfant qui dort.
Ange déchu, vous n'avez plus vos ailes...
Qu'un Dieu de paix vous conduise à bon port.

Un Luchési vous ouvre son château :
D'un faux hymen il est donc le complice ;
Ah ! s'il vous tend une main protectrice,
Vous payez cher l'abri de son manteau.
Vous n'êtes plus l'Andromaque de France
Dans ses regrets faisant revivre Hector.
Devant vos pas un autre Hector s'avance.
Qu'un Dieu de paix vous conduise à bon port.

Sans les maudire, oubliez les flatteurs
Qui vous servaient de fanal sur la rive,
Et qui n'ont plus, pour la pauvre captive,
Que de vains mots et d'inutiles pleurs.
Pardonnez-leur ce dévoûment frivole
Qui fit si peu, quand il promit si fort;
Vous succombez : leur amitié s'envole...
Qu'un Dieu de paix vous conduise à bon port.

Adieu, princesse, allez sous ce beau ciel
Où vous attend un appui tutélaire.
Résignez-vous à du bonheur vulgaire,
Il est plus sûr s'il est moins solennel.
Dieu vous reprend l'espoir d'un diadème ;
Mais vous savez que Dieu n'a jamais tort.
Soumettez-vous à son ordre suprême.
Qu'un Dieu de paix vous conduise à bon port.

LIVRONS-NOUS A L'ESPÉRANCE.

Air des Moissonneurs de Boudinot.

Ne jugeons pas de la nature
Par le soir d'un jour rigoureux.
Voici venir, dans leur parure,
Le printemps et de nouveaux cieux.
Le givre et la douleur ont quelque ressemblance ;
Mais les roses, bientôt, vont pousser et fleurir.
Livrons-nous donc à l'espérance :
Croire au bonheur, c'est en jouir.

Demain, parcelle de ma vie,
Jour inconnu, ne dois-tu pas
Enivrer mon âme ravie
Et semer des fleurs sur mes pas ?
Le sort n'annonce point les biens qu'il nous dispense ;
Mais, pour qui les attend, demain c'est l'avenir...
Livrons-nous donc à l'espérance :
Croire au bonheur, c'est en jouir.

Le plaisir fuit quand on le guette ;
Mais attendons, il reviendra :
« Aux trésors de ma collerette,
» Touchez à présent, dit Léa.
» Devais-je à vos baisers n'offrir que leur enfance ?
» Coquette, j'ai voulu qu'ils pussent s'arrondir. »
Livrons-nous donc à l'espérance :
Croire au bonheur, c'est en jouir.

Malgré les rois qui font la guerre,
Malgré le temps qui vieillit tout,
Malgré la grêle et le tonnerre,
Le monde est encore debout...
C'est que pour recréer la vie et l'abondance,
Le sol ne veut qu'un grain et l'amour qu'un soupir.
Livrons-nous donc à l'espérance :
Croire au bonheur, c'est en jouir.

On dit que notre âme immortelle,
Là-haut, dans sa félicité
Doit, pendant la vie éternelle,
S'ennuyer avec sainteté.
Moi, je crois qu'on y fait et l'amour et bombance ;
Autrement les élus n'y pourraient plus tenir...
Livrons-nous donc à l'espérance :
Croire au bonheur, c'est en jouir.

LE FROC AUX ORTIES.

Air de la romance de Téniers ou de l'Avenir.

Jamais ferveur ne fut plus délirante :
Pour mon époux j'avais choisi mon Dieu,
Et vainement, d'une voix déchirante,
Ma mère, hélas ! m'avait redit adieu !
Et me voilà... de mon erreur étrange
Sortie, enfin, par les soins d'un sauveur !
Pour ton secours, merci, merci, cher ange,
Sans toi, pourtant, j'ignorais le bonheur. (*bis.*)

Dans nos couvens l'âme est presque effacée,
On se croit seule au sein de l'univers ;
Mais je te dois ma première pensée :
Tu la fis naître au récit de tes vers.
Dieu m'est connu. Que ma raison le venge
D'un fol amour fondé sur la terreur...
Pour mon esprit, merci, merci, cher ange ;
Sans toi, pourtant, j'ignorais le bonheur.

Lorsqu'à ton bras, escortant la folie,
Tu me conduis dans les bals enchantés,
Si quelqu'un dit : O Dieu ! qu'elle est jolie !
Ces mots par toi sont bientôt répétés.
Heureuse alors, ma modestie arrange
Ces doux propos au profit de ton cœur.
Pour mes attraits, merci, merci, cher ange,
Sans toi, pourtant, j'ignorais le bonheur.

Qu'ils sont changés ces mets du réfectoire !
Ici toujours mon couvert est brillant.
J'ai trop jeûné, maintenant je veux boire :
Ah ! verse encor de l'Aï pétillant.
De nos soupirs pour provoquer l'échange,
Le dernier verre est toujours le meilleur.
Pour mes transports, merci, merci, cher ange,
Sans toi, pourtant, j'ignorais le bonheur.

Oui, c'est par toi qu'à présent je savoure
Tous les vrais biens qu'on me faisait haïr ;
Oui, les bons soins dont ta bonté m'entoure,
M'auront enfin révélé le plaisir.
Sous les verroux, j'allais prendre le change,
Et croire à Dieu sans croire au Créateur.
Pour tes baisers, merci, merci, cher ange,
Sans toi, pourtant, j'ignorais le bonheur.

LA FEMME INFIDÈLE.

Air de l'Angélus.

O vous dont la couche d'hymen
Est l'autel d'un amour tranquille,
Jouissez, dans cet autre Éden,
D'un bonheur vrai, pur et facile. (*bis.*)

Vos doux ébats sont sans effroi,
Et si le sort vous a fait belle,
Le maudissez-vous comme moi?
Ah! plaignez la femme infidèle! (*bis.*)

Mon vieil époux est là qui dort;
Et moi, d'une oreille attentive,
J'attends que son sommeil plus fort
Permette ma fuite furtive;
Et j'irai sous d'autres lambris
Échanger, bacchante nouvelle,
Mes baisers contre du mépris...
Ah! plaignez la femme infidèle!

Dors, ô mon fils, dors, ton sommeil
A mon repos est nécessaire:
Ta bouche, au moins jusqu'au réveil,
Ne prononcera point: Mon père!
Hélas! à l'un et l'autre amour
N'ayant pu me montrer rebelle,
J'ignore à qui tu dois le jour.
Ah! plaignez la femme infidèle!

Mais un instant séchons mes pleurs;
Déjà Léon m'attend, peut-être;
C'est le front couronné de fleurs
Qu'à ses regards je dois paraître.
Marchons, mais marchons doucement!
Si l'on m'écoutait...! Qui m'appelle?
Remettons-nous: c'était le vent...
Ah! plaignez la femme infidèle!

Enfin, me voici près de lui;
Et je n'ai rencontré personne.
Il m'attend: pour charmer l'ennui
Sa lyre sous ses doigts résonne.
Objet caché de ses désirs,
Dans ses vers il me nomme Adèle;
Mais... on répond à ses soupirs...
Ah! plaignez la femme infidèle!

Écoutons. « Désormais c'est toi,
» Oui, toi seule à qui je veux plaire.
» Sur l'honneur qui m'en fait la loi,
» Je jure d'oublier Glycère. »
Léon! devais-tu me trahir
Lorsque le remords me harcèle?
Si du moins je pouvais mourir!!!
Ah! plaignez la femme infidèle!

COURTE ET BONNE.

AIR: Quand j' n'ai pas l' sou.

Moi, je croyais que le cours de la vie
Était la somme et des nuits et des jours.
J'aimais alors, et mon âme ravie
Ne voyait rien par-delà les amours. (*bis.*)
Mais dès qu'au port le désir fait naufrage,
On ne vit plus, on amasse des ans. (*bis.*)
Par nos plaisirs, amis, comptons notre âge,
Vivons beaucoup, et vivons moins long-temps.

Au jouvenceau la sagesse murmure
Ses longs sermons sur le danger d'aimer;
Mais le temps marche, et bientôt la nature
Touche son cœur et le fait enflammer.
Myrte d'amour, sur un front qu'il couronne,
Avec regret se mêle aux cheveux blancs...
Soyons heureux sitôt que Dieu l'ordonne,
Aimons d'abord, et vivons moins long-temps.

Portons envie au buveur dans l'ivresse:
A ses regards tout se présente en beau,
Et si la mort avant son tour le presse,
Parmi des fleurs il descend au tombeau.
Sur son allure on inventa la danse,
Et l'on croit voir, dans ses pas chancelans,
L'oubli des maux, l'heureuse insouciance.
Buvons, amis, et vivons moins long-temps.

N'en doutons pas, les éclats du fou rire
Sont un présent que nous ont fait les dieux ;
C'est l'avant-goût de l'éternel délire
Que les élus savourent dans les cieux.
Préparons-nous au céleste héritage :
Laissons l'air grave aux fourbes, aux méchans,
Et, dût le rire étrangler au passage,
Rions, amis, et vivons moins long-temps.

Puisqu'il est vrai que l'âme se déploie
Aux doux accords et d'un ut et d'un ré,
Courage, amis, fournissons à la joie
De gais propos en langage sacré.
Empressons-nous : le flonflon veut renaître ;
Et si Momus abrége nos instans...
Dans nos refrains nous revivrons... peut-être;
Chantons, amis, et vivons moins long-temps.

LE 30 JUILLET 1830.

Air de l'Angélus.

Ah ! le voilà donc ce drapeau
Que j'ai pleuré dans ma jeunesse !
Honneur au prodige nouveau !
Honneur aux enfans de Lutèce ! ! !
... Mais dupes d'un songe enchanté,
Ne dormirions-nous pas encore ?
Non, c'est enfin la liberté
Qu'en paix, aujourd'hui, l'on adore ! *(bis.)*

Ah ! revenez à mon esprit,
Refrains murmurés en silence ;
Car, dans mes vers, j'avais prédit
Des jours heureux pour notre France.
Avenir, sur qui j'ai compté,
Permets que ma muse t'explore...
Enfin, c'est donc la liberté
Qu'en paix, aujourd'hui, l'on adore !

Ainsi la paix, dans nos hameaux,
N'affligera donc plus personne ;
Ainsi, du chêne les rameaux
Seront donc tressés en couronne ;
Ainsi sera donc respecté
Le nom que l'honneur seul décore...
Enfin c'est donc la liberté
Qu'en paix, aujourd'hui, l'on adore !

Désormais, le trône des rois
Sera l'autel de la droiture :
Les flatteurs y seront sans voix,
Les ministres sans imposture.
Ou bien, alors, la vérité...
Mais non, la foudre est trop sonore.
Enfin, c'est donc la liberté
Qu'en paix, aujourd'hui, l'on adore.

S'il est encor quelques pervers,
Des tyrans ignoble milice,
Oublions qu'ils forgeaient nos fers ;
Notre bonheur fait leur supplice.
Ah ! qu'un pardon soit apprêté
Au repentir qui les dévore...
Enfin, c'est donc la liberté
Qu'en paix, aujourd'hui, l'on adore.

Qu'il était beau ce ciel d'azur
Qui fut témoin de la victoire !
Amis, que l'encens le plus pur
Y monte, ainsi que notre gloire.
Le ciel écoute avec bonté
La voix du brave qui l'implore...
Enfin, c'est donc la liberté
Qu'en paix, aujourd'hui, l'on adore !

LA LIBERTÉ VEUT DES CHANSONS.

Air : Ah ! vieille tante Marguerite.

Ils ne sont plus ces jours funestes
Où le plaisir était bâtard,
Où la gaîté vivait des restes
Et de Tartufe et d'Escobard.
L'avenir à nos yeux déroule
Des tableaux que nous chérissons...
Refrains heureux, naissez en foule : } (*bis.*)
La Liberté veut des chansons.

Quand des zéphyrs la douce haleine
Revient sur l'aile du printemps,
On voit s'animer dans la plaine
Le ruisseau captif si long-temps.
Sous les flots de son onde pure,
Quand disparaissent les glaçons,
N'entendez-vous pas son murmure ?...
La Liberté veut des chansons.

Enfans dont la bouillante audace
En triomphant a succombé,
Le temps respectera la place
Où chacun de vous est tombé :
Nobles martyrs de la victoire,
La France promet à vos noms
Les eaux d'un baptême de gloire...
La Liberté veut des chansons.

Si de biens la terre est avare,
Si le raisin meurt en verjus,
Si dans les cieux un soleil rare
Éclaire mal, n'échauffe plus,
Faut-il de dévotes suppliques
Étourdir le Dieu des saisons ?
Laissons reposer les cantiques...
La Liberté veut des chansons.

C'est pour le bonheur de la terre
Qu'on nous demande des accords :
Hélas ! la Liberté guerrière
Peut abuser de ses efforts.
Aux peuples placés sur sa route
Nous devons d'utiles leçons ;
Chantons, l'Europe nous écoute ;
La Liberté veut des chansons.

Nous commençons une autre vie ;
En beau va changer le destin ;
La douce paix déjà convie
Tout l'univers en un festin.
Pour ce banquet la table est prête ;
Les rois seront nos échansons.
Chansonniers, soyez de la fête ;
La Liberté veut des chansons.

LE 23 DÉCEMBRE 1830.

(PROCÈS DES MINISTRES.)

Air : Dis-moi, soldat, dis-moi, t'en souviens-tu ?

Reste avec moi, respecte ma prière,
Je t'en supplie au nom de mes malheurs.
Oui, je le sais, ils ont tué ton père,
Ils m'ont vouée à d'horribles douleurs.
Mais, s'il est vrai que la loi débonnaire
Par un arrêt les arrache au trépas,
Autant que moi la patrie est ta mère ; } (*bis.*)
Pleurons, mon fils, et ne nous vengeons pas.

D'ici ton œil découvre l'édifice
Où nos bourreaux attendent leur destin ;
« Courons, dis-tu, consommer leur supplice,
» Courons le fer et la flamme à la main. »
Ferme l'oreille à ces cris de vengeance ;
C'est la fureur qui t'appelle aux combats.
Songe plutôt au bonheur de la France...
Pleurons, mon fils, et ne nous vengeons pas.

N'est-il que moi d'épouse désolée ?
N'est-il que toi qu'on ait fait orphelin ?
Non, la cité paraissait dépeuplée ;
Oh ! que la mort fit un vaste butin !

Mais ces héros, dans leur noble courage,
Au nom des lois avaient armé leurs bras ;
Et c'est la loi que ton courroux outrage ! ! !
Pleurons, mon fils, et ne nous vengeons pas.

La foule augmente et sa fureur redouble ;
Du tribunal elle a pris le chemin.
Vois-tu là-bas ces vils fauteurs de trouble ;
Vois-tu cet or qui brille dans leur main ?
On te regarde, on t'en offre peut-être...
Te prendra-t-on à ces honteux appâts ?
Est-ce le prix du sang qui t'a fait naître ?
Pleurons, mon fils, mais ne nous vengeons pas.

A la milice où ton père eut sa place,
A ces remparts de soldats citoyens,
O dieux ! vont-ils inspirer leur audace ?
O mon pays ! où seront tes soutiens ?
Mais non, les preux qu'inspire la sagesse,
L'olive en main, ont vidé leurs débats...
Encore un jour de salut pour Lutèce !
Pleurons, mon fils, et ne nous vengeons pas.

Qu'ai-je entendu ? mon âme est plus tranquille :
Vive le roi !... c'est la fin du danger.
A son aspect, ton courroux indocile
En chants d'amour aussitôt va changer.
Tiens, maintenant je te livre tes armes,
Va, que le roi te trouve sur ses pas...
Cours, et reviens consoler mes alarmes...
Pleurons, mon fils, et ne nous vengeons pas.

LE SUICIDE.

J'avais connu dans mon village
Un bel enfant créé pour le bonheur.
Sa mère, aussi bonne que sage,
Devait former son cœur ;
Son père, des talens, des vertus, de l'honneur,
Lui promettait l'apprentissage ;
Pour compagne de jeux il avait une sœur,
Et de grands biens, gagnés avec lenteur,
Devaient être son héritage.
On pouvait, sans passer pour oracle menteur,
Prédire au jouvenceau de beaux jours sans orage;
Mais le ciel autrement en avait ordonné.
Hélas ! loin d'exciter l'envie,
Pendant les courts instans qu'on appela sa vie,
Il fut à la douleur bien souvent condamné.

Il arrivait à son adolescence
Lorsqu'on mit son père au cercueil.
D'abord, par des pleurs vrais, il honora son deuil ;
Puis il se consola (tout sourit à l'enfance) ;
Puis il rêva l'indépendance.
Lorsque de l'oisillon l'œil aperçoit l'azur,
Il se sent démanger à la place des ailes ;
Ce ciel si beau, si pur,
Ces plaines éternelles
Seront un jour son domaine infini ;
Mais, sous l'abri des ailes maternelles,
Puisqu'avec lui Dieu n'en a pas fini,
Il s'endort, il attend des plumes moins nouvelles.

Eugène, n'écoutant que des désirs rebelles,
Avant la plume avait quitté son nid.
Le voilà donc citoyen du grand monde,
A dix-sept ans, sans appui, sans mentor,
Dans Paris prenant son essor,
Avec ses beaux yeux bleus, sa chevelure blonde,
Un cœur naïf et beaucoup d'or.
Il prend sa place, au banquet de la vie,
Près d'un plat qu'il dévore et qu'il n'a pas goûté.
Pauvre enfant, ta faim s'est assouvie
De volupté ;
Mais de volupté sale et de regrets suivie.
A présent que pour toi la table est desservie,
De la saveur des mets t'es-tu jamais douté ?

Oh ! quel trésor que l'amour d'une femme
Qui sur l'objet aimé veut fonder son orgueil !
Comme à sa voix la gloire nous enflamme,
Et qu'avec art, sa main, guidant notre œil,
Nous en montre à la fois le chemin et l'écueil !
Sous les baisers, alors, on sent grandir son âme.

Mais toi, tu ne cherchais que ces charmes flétris,
Amollis et froissés sous la main populaire;
Que ces baisers qui veulent un salaire,
Et dont, en rougissant, on acquitte le prix.

Aussi ton front devint bientôt livide;
Le vice, chaque jour, y plissait une ride
Que ne rachetait plus une noble rougeur.
Ton geste et ta parole oubliaient la pudeur;
Ta raison s'altéra, ton cœur devint aride,
Et, dans les bras d'une Laïs avide,
Tu fis un cours de déshonneur.
Dirai-je, jusqu'au bout, l'excès de ton malheur?
Un jour que ta bourse était vide,
Tu joignis le meurtre au larcin!!!

Si quelqu'un s'intéresse au sort de l'assassin,
Qu'on regarde sa vieille mère,
En lugubres habits et pleurant dans son sein.
Qu'on interroge aussi cet humble cimetière
Où le nom du coupable est gravé... mais tout seul;
Car l'infamie est un linceul
Qui ne permettrait pas un mensonge à la pierre.
Chacun l'a deviné si je ne l'ai pas dit:
Le malheureux n'est plus, et son nom est maudit.
Oui, maudit... Et pourquoi? puisqu'il a cessé d'être
Ne songeons pas qu'il a vécu.
Qui sait si sa vertu
Avant de succomber n'avait pas combattu?
D'être meilleur a-t-il été le maître?

Le mal a des couleurs dont le charme éblouit;
C'est un serpent qu'on craint et pourtant qu'on pour-[suit.
Et dont le dard caché laisse briller l'écaille.
Pour l'atteindre ou le fuir, on sue, on se travaille.
On y pense le jour, on en rêve la nuit.
C'est alors qu'il faudrait une vertu sublime;
Mais le sommeil nous prend sur le bord de l'abîme,
Et l'on s'endort.
On se réveille au bruit d'un crime...
On l'a commis... on en frémit d'abord;
Puis contre le remords, contre la voix intime,
On se débat, on cherche un port...
Las! il n'en est plus qu'un, un seul, et c'est la mort.

METTONS-Y LE TEMPS.

Air : Bonjour, mon ami Vincent.

On prétend que le bon Dieu
Créa, dans une semaine,
L'eau, l'air, la terre et le feu,
Et des êtres par centaine.
Faire vite est bien, faire bien est mieux;
Malgré mon respect pour le roi des cieux,
J'aurais, à sa place, employé quinzaine;
Car huit jours de plus ne lui coûtaient rien.
Mettons-y le temps, et que ça soit bien. (*bis.*)

Notre globe est trop petit,
Car, depuis qu'on le morcèle,
L'honnête homme sans crédit
N'en a pas une parcelle.
Si l'air rafraîchit, il peut nous geler;
Si le feu réchauffe, il peut nous brûler;
Et vous n'iriez pas sur l'eau sans nacelle,
A moins de savoir nager comme un chien.
Mettons-y le temps, et que ça soit bien.

L'homme, dont le cuir est nu,
A toujours soif de nouvelles,
Quand l'amour tendre, ingénu,
Fixe au nid les tourterelles,
Pourquoi les oiseaux, plus que les humains,
Peuvent-ils dans l'air avoir des chemins?
Moi, je crois qu'à l'homme il fallait des ailes,
Puisqu'on l'a formé volage et vaurien.
Mettons-y le temps, et que ça soit bien.

Dieu, nous dit-on, sait la fin
Des choses qu'il mit en place ;
Il connaît de tout, enfin,
Et le nombre et la surface.
Si l'homme, après Dieu, n'est qu'un ouvrier,
Encor lui doit-on le mot du métier.
On veut s'embrasser, et si l'on s'embrasse,
On fait des enfans sans savoir combien.
Mettons-y le temps, et que ça soit bien.

Sans en être bien plus gras,
Le loup croque la chevrette ;
Le matou croque les rats ;
Le brochet mange l'ablette.
Si Dieu le permet, Dieu veut donc le mal,
Pour l'humanité l'exemple est fatal.
Aussi, dès long-temps, la planche étant faite,
Nous tuons les gens pour avoir leur bien.
Mettons-y le temps, et que ça soit bien.

On appelle jus divin
Cette liqueur si bénigne ;
Mais Noé, seul, fit le vin :
Dieu n'avait fait que la vigne.
Admettons encor qu'il en soit l'auteur ;
Ne pouvait-il pas le donner meilleur?
Et dans nos cités au buveur insigne
Le livrer, sans droits, comme au faubourien?
Mettons-y le temps, et que ça soit bien.

Bref, quand d'autres vont venir,
Dieu nous fait plier bagage.
Que ne savait-il bâtir
En propriétaire sage?
Pour nous maintenir parmi les vivans,
Ne pouvait-il pas, pour les survenans,
Faire un entresol et même un étage?
De nous loger tous c'était le moyen.
Mettons-y le temps, et que ça soit bien.

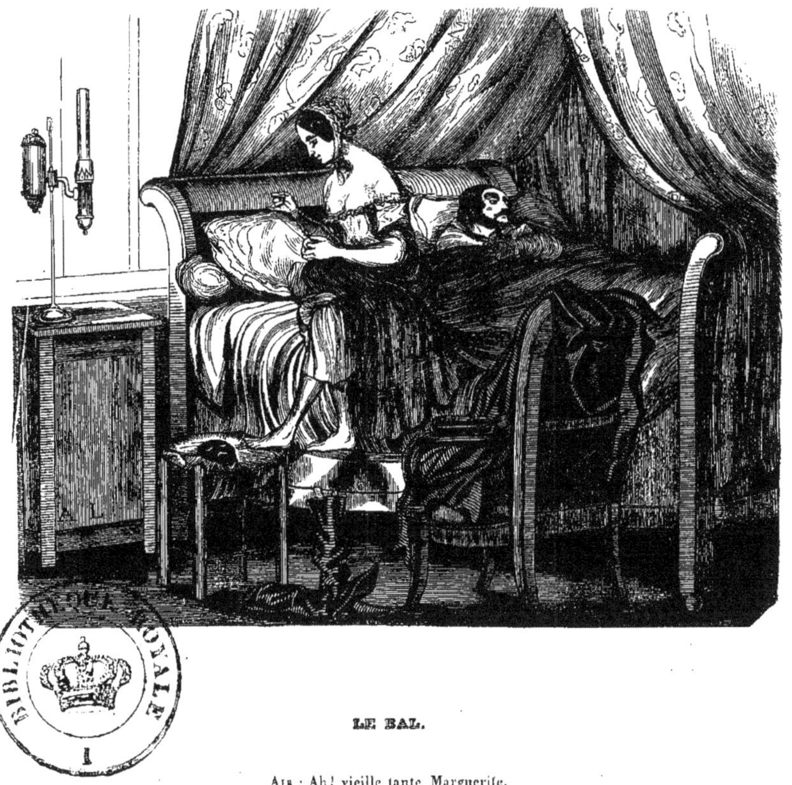

LE BAL.

AIR : Ah! vieille tante Marguerite.

Pourquoi, quand le baron m'invite,
Lise, as-tu donc l'air tout confus?
Tu veux danser, pauvre petite,
Et tu redoutes mon refus.
Boude-t-on quand on est jolie?
Tu vas gâter le carnaval...
C'est la fête de la folie,
Allons, Lisette, allons au bal. } (*bis.*)

Mais ta toilette est-elle prête?
Dépêche-toi; car le jour fuit;
Tu souris en baissant la tête:
Ah! vous avez passé la nuit.
Voilà donc pourquoi, vers l'aurore,
Ton baiser fut si glacial,
Coquette, tu cousais encore...
Allons, Lisette, allons au bal.

Pour qu'on excuse ta présence
Dans les salons d'un grand seigneur,
Cache sous de l'impertinence
Tes goûts modestes, ton bon cœur;
C'est en les imitant qu'on flatte
Ces grands qui nous jugent si mal;
Le plaisir est aristocrate,
Lise, voilà l'esprit du bal.

Il me souvient de ma jeunesse :
Alors, j'ai quelquefois dansé;
C'étaient la grâce et la souplesse
Que réclamait l'air cadencé.
Aujourd'hui la gaîté maussade
Goûte à regret à ce régal;
On croit voir marcher un malade,
Lise, voilà les bals du bal.

Dans ton mouchoir, tiens, ce jeune homme
Vient de glisser un billet doux;
Lisons; c'est Edmond qu'il se nomme,
Edmond demande un rendez-vous.
Pardonne-lui si sa tendresse
Marche d'un pas leste et brutal;
Il te prend pour une duchesse,
Lise, voilà les mœurs du bal.

Ici l'on joue, et sur la table
A pleines mains l'or est jeté,
A quoi servirait d'être aimable?
Le jeu détrône la beauté.
De ceux qu'un fol espoir abuse
Vois-tu le sourire infernal?
Est-ce donc ainsi qu'on s'amuse?
Lise, voilà les goûts du bal.

L'ennui se joint à la fatigue,
On enlaidit, c'est qu'il est tard;
On songe au repos, car l'intrigue
Du lendemain aura sa part.
On met à profit le désordre,
Et pendant un adieu banal,
L'amour a donné vingt mots d'ordre...
Lise, voilà la fin du bal.

J'AI DU BONHEUR, ET VOUS N'EN AVEZ PAS.

AIR : Quand j' n'ai pas l'sou, etc.

Est-il bien vrai qu'un sort digne d'envie
Soit celui-là qu'on prône dans les cours?
De gros trésors n'allongent pas la vie,
Et les honneurs n'en charment pas le cours. (*bis.*)
Trop et trop peu, voilà ce qu'il faut craindre;
Entre les deux, moi, j'emboîte le pas. (*bis.*)
Heureux du jour, vous qui daignez me plaindre,
J'ai du bonheur, et vous n'en avez pas. } (*bis.*)

Dépensez donc; Plutus vous est en aide,
A pleines mains il vous verse de l'or,
Au diamant que le rubis succède,
Parez-vous bien et parez-vous encor.
Et, chamarrés d'orgueilleuses vétilles,
Venez me voir à la fin d'un repas.
De ma gaîté je dore mes guenilles,
J'ai du bonheur, et vous n'en avez pas.

Dans vos salons on fait de la musique,
Mais du pathos vous avez le travers.
Sans être plat on peut être lyrique,
Un peu d'esprit ne gâte pas les vers.
Vous pleurnichez quand, d'une voix rogomme,
Un gros garçon psalmodie un trépas;
Dans mes refrains j'amuse un honnête homme,
J'ai du bonheur, et vous n'en avez pas.

Gens à boudoir, vous jugez sur la mine
De la beauté les gracieux contours;
Apprenez donc que la gaze et l'hermine
Ont bien souvent fait faillite aux amours.
De vos transports vous demandez l'échange,
Et vous tombez sur de grêles appas...
Sous mes baisers Suzon devient un ange,
J'ai du bonheur, et vous n'en avez pas.

De vins exquis vous couvrez votre table,
C'est du nectar dont vous buvez bien peu;
Pourtant l'Aï chez vous est délectable,
Votre Mâcon ne manque pas de feu;
Mais le bon ton vous prêchant la sagesse,
Le vin et l'eau sont coupés au compas;
Vous ignorez les charmes de l'ivresse,
J'ai du bonheur, et vous n'en avez pas.

Aux faux plaisirs si votre cœur s'enflamme,
Dans ce bas monde où nous devons finir,
Moi, j'ai gardé les élans de mon ame
Pour de vrais biens dans un monde à venir.
Au paradis les lurons sont à l'aise,
De mon vivant j'y monte pas à pas...
Collé, Panard m'y prêteront leur chaise,
J'ai du bonheur, et vous n'en avez pas.

A MON AMI ÉTIENNE JOURDAN,

CONVIVE DES SOUPERS DE MOMUS.

AIR : C'est le petit Pédro.

Étienne, cher Étienne,
Des Ris enfant gâté,
Je veux changer d'antienne ;
Mon cher Étienne,
Prête-moi ta gaîté.

Au deuil de la patrie
J'ai prêté mes accens;
La liberté chérie
Reçut tout mon encens.
Si, sans y perdre une aile,
J'ai pu sortir de là,
Bérenger, mon modèle,
Fut coffré pour cela.

Étienne, cher Étienne, etc.

Aux sots du ridicule
Si j'inflige les lois,
Ma pesante férule
Se brise sur leurs doigts ;
Mais toi, dans ta satire,
Que peut-on reprocher ?
Celui qu'elle a fait rire
N'ose plus se fâcher.

Étienne, cher Étienne, etc.

Quand ta muse bouffonne
Vient à parler d'amour,
Zoé qu'elle chansonne
En rira tout le jour.
C'est l'effet d'une phrase
Que je ne puis trouver ;
C'est le coin de la gaze
Que tu sais soulever.

Étienne, cher Étienne, etc.

De ton vin délectable
Si tu doublais les coups,
Je quitterais la table
Pour sommeiller dessous ;
Mais toi, tu peux sans peine
Faire tête à Bacchus
Pendant une semaine,
Une semaine et plus.

Étienne, cher Étienne, etc.

Qu'il est haut, ce Parnasse
Où Panard est monté !
J'en mesure l'espace
D'un œil épouvanté.
Et toi... simple et badine,
Ta muse, un luth en main,
Déjà de la colline
A franchi le chemin.

Étienne, cher Étienne,
Des Ris enfant gâté,
Je veux changer d'antienne ;
Mon cher Étienne,
Prête-moi ta gaîté.

MES ADIEUX AU GYMNASE LYRIQUE.

Air : A soixante ans.

Vous dont le rire anime l'éloquence ,
Et dont la voix se marie aux grelots ,
Prenez pitié d'une pauvre romance
Qui de ma muse annonce le repos. (*bis.*)
Je vais briser les cordes de ma lyre ,
Je vais garder un silence honteux. (*bis.*)
Est-ce en riant que je pourrais vous dire : } (*bis.*)
Bons gymnasiens , recevez mes adieux ?

Le temps n'est plus où de hardis trouvères ,
Sous des lan-la gazant la vérité ,
Dans leurs sirventes , en égayant nos pères ,
Les flagellaient avec impunité.
J'ai dans leurs vers butiné dès l'enfance ;
Et quand j'aborde et la cour et ses dieux ,
Je crains toujours quelque réminiscence...
Bons gymnasiens , recevez mes adieux.

Irai-je , hélas ! pour le pampre ou la rose ,
Dans les palais demander des bravos ?
Sous les lambris où le prince repose
D'autres refrains trouvent seuls des échos.
Ah ! si du moins, dans vos leçons lyriques,
On apprenait à rimer pour les cieux ,
On m'eût permis de chanter des cantiques...
Bons gymnasiens , recevez mes adieux.

Prenant pour but la cafardine engeance ,
J'ai dans vos rangs décoché plus d'un trait.
Dans mes couplets, aux mots liberté , France
Le gai Momus déjà s'accoutumait...
N'en parlons plus... ; mais pourtant si la gloire
Doit couronner vos efforts généreux ,
Songez à moi le jour de la victoire...
Bons gymnasiens , recevez mes adieux.

On n'ira point, d'une main téméraire ,
Prendre vos vers cachés sous mon chevet ;
Je veux leur rendre un culte solitaire
Comme à des dieux qu'on adore en secret.
Pour les chanter j'attendrai ma maîtresse ;
Lise joindra, dans nos concerts joyeux,
A vos refrains quelques soupirs d'ivresse...
Bons gymnasiens , recevez mes adieux.

Mais qu'ai-je appris ? O nouvelle opportune !
Auprès des grands j'ai perdu ma faveur.
Ah ! si le sort renverse ma fortune ,
Il sait du moins respecter mon bonheur.
Or , de nouveau je vais chanter et rire ,
La vérité se peindra dans mes yeux ;
Je pourrai donc et l'entendre et la dire...
Bons gymnasiens, je reprends mes adieux.

LAISSONS DORMIR LA RAISON.

Air : Ermite, bon ermite.

Malheur à qui réveille
La raison et ses lois ;
Quand le tyran sommeille ,
Quand il sommeille ,
Les esclaves sont rois.

La raison dès l'enfance
Poursuivant les plaisirs ,
Vient imposer silence
A la voix des désirs.
Il est vrai que l'orage
Respecte la vertu ;
Mais , après tout, le sage
Meurt sans avoir vécu.

Malheur à qui réveille , etc.

Eh quoi! la jeune Laure,
Qui peut mourir demain,
Quand l'amour la dévore,
Doit attendre l'hymen.
Du ciel qui la réclame
Le droit incontesté,
C'est de ravoir son ame,
Non sa virginité.

Malheur à qui réveille, etc.

On nous défend l'ivresse,
Eh! pourquoi nos coteaux
Remplissent-ils sans cesse
Des milliers de tonneaux?
Oui, notre soif s'étanche
Avec un doigt de jus;
Mais Dieu fit le dimanche
Pour en boire un peu plus.

Malheur à qui réveille, etc.

Au sein de l'abondance,
La raison dit encor:
« L'or est une puissance
» Ménagez donc votre or. »
Mais le pauvre révèle
Un bonheur infini:
La richesse vaut-elle
Un nom qu'on a béni?

Malheur à qui réveille, etc.

La raison se modèle
Sur l'esprit routinier.
Marchait-il avec elle,
Ce noble aventurier,
Ce Christophe en délire,
Qui, dépassant les mers,
Disait, sous un sourire:
« Complétons l'univers. »

Malheur à qui réveille, etc.

Pour prolonger ma vie,
Il faudrait, tous les jours,
Renier la folie
Et bouder les amours.
Fermez-moi la carrière,
Fermez-la, j'y consens;
Mais j'ai foulé la terre
Dans un jour de printemps.

Malheur à qui réveille
La raison et ses lois!
Quand le tyran sommeille,
Quand il sommeille,
Les esclaves sont rois.

LA VOLONTÉ DE DIEU SOIT FAITE.

Air de l'Angelus (1937).

De nos projets, de nos désirs,
Que la fin souvent est bizarre!
Aussi le sage, en ses plaisirs,
Contre le chagrin se prépare.
Si le bal suit l'enterrement,
Si le deuil interrompt la fête,
Disposé pour l'événement,
Il répète tranquillement:
La volonté de Dieu soit faite!

Cet adage consolateur
Couvre d'un manteau charitable
La bassesse d'un corrupteur
Dont le talisman est la table.
S'il fait un servile instrument
D'une conscience imparfaite,
Il se disculpe en murmurant:
« Pourquoi l'homme est-il si gourmand?
» La volonté de Dieu soit faite! »

Du roi des cieux abandonné,
Trahi par les rois de la terre,
Un peuple au malheur condamné
Va souffrir encore et se taire.
A la honte de l'univers
Qui sans gémir voit leur défaite,
Les Grecs vont reprendre leurs fers,
Et diront, de sang tout couverts :
La volonté de Dieu soit faite !

Lorsque la raison eut son tour,
La loi, brisant verroux et grilles,
Rendit à l'Hymen, à l'Amour
Nonnains et novices gentilles.
Pour les convertir au bonheur,
Lors plus d'un galant fut prophète,
Plus d'une Agnès, au fond du cœur,
Se dit en cachant sa rougeur :
La volonté de Dieu soit faite.

Par cette auguste volonté,
Sortent des mains de la nature
Et les charmes de la beauté,
Et les trésors de la culture.
Globes naissans, raisins si doux,
Sources de volupté parfaite,
Mûrissez, arrondissez-vous...
Pour nos baisers, pour nos glougloux.
La volonté de Dieu soit faite !

LA CHANDELLE.

Air du Verre.

Répondez-moi, vous qui chantez
Les miracles de la nature,
L'astre brillant que vous vantez
Rend-il donc la nuit moins obscure?
Pendant douze heures de sommeil,
Reposez-vous votre prunelle?
J'en conviens, Dieu fit le soleil,
Mais l'homme inventa la chandelle.

Bien vainement me dirait-on
Que c'est un pauvre luminaire.
Avec du suif et du coton
Honneur à qui fit la lumière !
L'homme, par cette invention,
Sur une plus petite échelle,
A pris, dans la création,
Sa part avec une chandelle.

Il ne suffit pas d'admirer
Cette immensité de merveilles;
L'homme qui prétend s'éclairer
A recours à l'étude, aux veilles.
Le voyez-vous, compas en main,
Calculant les cieux qu'il morcèle ?
Ce qu'il ignore le matin,
Il le devine à la chandelle.

L'heure du soir est le moment
Où l'ame gaîment se repose.
Pour le buveur, pour le gourmand,
Le soir, amis, c'est quelque chose.
On n'a qu'un bonheur frelaté
Tant que le travail nous harcèle,
Et le plaisir et la gaîté
Ne brillent bien qu'à la chandelle.

On ne prend pas pour confident
D'une trahison conjugale
Les rayons d'un soleil ardent :
On s'exposerait au scandale.
Le soir offre un danger de moins
Pour les exploits d'une infidèle;
Car s'il arrive des témoins,
On n'a qu'à souffler la chandelle.

En plein soleil, dans les combats.
Les héros dépeuplent la terre;
Et les amans, pour leurs ébats,
Recherchent l'ombre et le mystère.

Tolérant la gloire et l'amour,
La nature, à son but fidèle,
Subit ses pertes au grand jour
Et les répare à la chandelle.

Je voudrais bien, aux sombres bords,
Avoir la démarche assurée ;
Mais on prétend que chez les morts
La route est fort mal éclairée.
Pour un bon office dernier,
Souffrez que je vous interpelle ;
Dans ma bière, au lieu d'un denier,
Amis, placez une chandelle.

IL FAUT DES OMBRES AU TABLEAU.

AIR de la Borne du cabaret.

Rien n'est parfait sur cette terre ;
Mais faut-il donc s'en affliger?
Sans quelque trouble salutaire
Le plaisir serait en danger.
Si nous voyons quelque nuage
Attrister soudain le hameau,
L'air est plus pur après l'orage :
Il faut des ombres au tableau.

En vain, Zoé, votre figure
De Vénus offre le portrait,
A quatorze ans dame Nature
Vous destine encore un attrait ;
Vous devinez qu'il est bizarre,
Mais en son lieu l'ébène est beau,
Et sur vos lis il se prépare :
Il faut des ombres au tableau.

De nos fils envions l'enfance,
Dont les destins seront si doux ;
Heureux marmots, de l'ignorance
Le règne a commencé pour vous.
Que de beaux jours vous verrez luire !
Midas va vous prendre au berceau.
Hélas ! vos pères savent lire...
Il faut des ombres au tableau.

Vous qui retracerez l'histoire
De cette France où je naquis,
A grands traits vous peindrez sa gloire,
Et nous verrons dans vos croquis
Un doux soleil, des eaux limpides,
Des vignes sur chaque coteau ;
Mais n'oubliez pas les druïdes :
Il faut des ombres au tableau.

Vous que du poids d'une couronne
Consolerait notre bonheur,
Princes, votre cœur s'abandonne
Aux soins d'un ministre flatteur.
Ah ! redoutez son imposture,
Tout s'embellit sous son pinceau ;
Mais il peint plus beau que nature :
Mettez des ombres au tableau.

Grâce pour mes couplets moroses,
Je ne sais point montrer Momus
Couvert de pampre, orné de roses
Et chantant de gais oremus ;
Mais au son plaintif de ma lyre
Opposez un joyeux pipeau ;
J'ai déclamé, faites-moi rire :
Il faut des ombres au tableau.

LA MORALE INUTILE.

AIR DE GHIEL : On dit dans nos forêts lointaines ; ou : De ma Céline amant modeste.

Malgré moi, gentille Lisette,
Tu viens encor sur mes genoux ;
Pourtant te voilà grandelette,
Et le monde a les yeux sur nous.

On va blâmer ce badinage
Que, d'ailleurs, la raison défend;
Je suis encor loin du vieil âge,
Et toi, tu n'es plus un enfant. } (*bis.*)

Si, du moins, dans cette posture
Tu restais sans te balancer;
Mais non, tu sautes en mesure
Aux fredons d'un air à danser.
Si parfois ta gaîté s'apaise,
C'est pour respirer seulement.
Lise, tu fais craquer ma chaise,
Finis, tu n'es plus un enfant.

Comme autrefois ta main lutine
Semble s'exercer au larcin,
Et chaque objet qu'elle butine
Est vite caché dans ton sein.
Si jadis d'un geste rapide
J'allais l'y reprendre à l'instant,
C'est que ton corset était vide;
Mais Lise n'est plus un enfant.

Et puis, folâtre et caressante,
Tu me prodigues maint baiser,
Sans songer que ta bouche errante
Sur la mienne peut se poser.
C'est à mon ame que tu touches,
Crains-en le réveil imminent;
L'amour pourrait coller nos bouches;
Lise, tu n'es plus un enfant.

Ici, je n'eus plus qu'à me taire,
Car la nature avait parlé:
L'amour, ce délirant mystère,
A Lise s'était révélé;
Et le bonheur se laissait lire
Sur un front lisse et rougissant...
Mieux que jamais je pouvais dire:
« Lise, tu n'es plus un enfant. »

LA NATURE.

Air du Verre (910).

Il faut des mœurs, il faut des lois.
Je me soumets à leur empire;
Cependant, aujourd'hui, ma voix
S'apprête à faire leur satire.
Dieu, qui nous fit en nous aimant,
N'en dota point sa créature.
Pour nous conduire sagement,
Il se fiait à la nature. } (*bis.*)

Courant de plaisirs en plaisirs,
Dès que l'ame a senti ses ailes,
On devrait passer ses loisirs
Entre le bon vin et les belles.
Mais, par respect pour le bon ton,
Rougissant au nom d'Épicure,
On vient bâiller dans un salon...
Est-ce le vœu de la nature?

Chaque voile que vous perdrez,
Zoé, vous rendra plus jolie,
Et cependant vous désirez
Un riche tissu de l'Asie.
C'en est fait! un châle indien
A complété votre parure;
O Zoé, que vous seriez bien
Si vous cachiez moins la nature!

J'ai vu dans un cloître inhumain
Languir une vierge éplorée;
Pour elle la couche d'hymen
Était encore préparée.
« Elle heureuse dans ce lieu, »
Me disait-on. Quelle imposture!
A son amant préférer Dieu!
Non, ce n'est point dans la nature.

Qui de nous n'a jamais rêvé
Les vains honneurs du diadème?
Qui de nous, au trône arrivé,
Voudrait garder le rang suprême?
L'amitié d'un sujet soumis
Est toujours en humble posture;
Enfin les rois n'ont point d'amis,
Il faut aimer dans la nature.

On meurt... c'est pour l'éternité!
Un autre vient et nous remplace;
Mais l'homme, dans sa vanité,
D'un marbre veut marquer sa place.
Laissons les paisibles troupeaux
Après nous trouver leur pâture:
Le sol oisif de nos tombeaux
Est un vol fait à la nature.

Lorsqu'il me faudra vous quitter,
O mes amis! ô ma maîtresse!
Je ne prétends point affecter
L'oubli de ma vive tendresse.
Pourquoi d'un courage indiscret
Cacher le mal que l'on endure?
Le bonheur vaut bien un regret...
Et les pleurs sont dans la nature.

FAITES-EN MOINS ET FAITES-LES MEILLEURS.

Air : Quand j' nai pas l'sou, je chant' pour n'êt' pas triste.

Que chaque erreur d'un sermon soit suivie,
Qu'un fouet vengeur menace les humains;
Bourgeon perdu de l'arbre de la vie,
Moi, vieux garçon, je m'en lave les mains. (*bis.*)
Mais vous, époux, dont l'ardeur est féconde,
Chez qui les fruits viennent après les fleurs, (*bis.*)
Quand de mortels vous repeuplez ce monde, } (*bis.*)
Faites-en moins et faites-les meilleurs.

Chemin faisant, nous rencontrons, sans doute,
De bons amis, des hommes généreux;
Mais cette vie est une longue route,
N'y trouve-t-on que des gens vertueux?
Au fond des cœurs, moi, j'ai jeté la sonde,
Et je pourrais répondre aux voyageurs:
Quand de mortels vous repeuplez ce monde,
Faites-en moins et faites-les meilleurs.

Nous sommes tant qui foulons cette terre,
Que ses morceaux sont de petits lopins;
Nous sommes tant qu'un rayon qui m'éclaire
Porte mon ombre au champ de mes voisins.
Et puis bientôt la sombre envie en gronde,
Et puis voilà le juge et les plaideurs!...
Quand de mortels vous repeuplez ce monde,
Faites-en moins et faites-les meilleurs.

J'aurais voulu déguster à plein verre
Un vieux Tokai, ce nectar des bons lieux;
Les rois en font, dit-on, leur ordinaire;
Moi, j'en voudrais pour m'égaler aux dieux.
Mais dans les cours la compagnie abonde:
Dirai-je: « *A boire!* » au milieu des flatteurs?
Quand de mortels vous repeuplez ce monde,
Faites-en moins et faites-les meilleurs.

Sanctifiez chaque étreinte nouvelle,
Vous qui créez après le Créateur;
Souvenez-vous que la nature est belle,
A vos baisers vous porterez bonheur.
Et s'il en sort une charmante blonde,
Restez-en là: Vénus n'eut point de sœurs...
Quand de mortels vous repeuplez ce monde,
Faites-en moins et faites-les meilleurs.

Je définis ces jeux de la tendresse,
Où l'univers se voit régénérer,
Comme un repas savouré dans l'ivresse,
Mais que la tombe un jour doit digérer.
Sur tant de fils si votre espoir se fonde,
Se fonde aussi la source de vos pleurs...
Quand de mortels vous repeuplez ce monde,
Faites-en moins et faites-les meilleurs.

NE FAUT-IL PAS QUE CHACUN AIT SON TOUR ?

Air du Carnaval de Béranger.

Au temps jadis la chanson guillerette
Était l'écho d'un délire enchanteur;
Les ris, les jeux, le vin, la collerette,
Servaient de texte à tout joyeux chanteur;
Mais à présent c'est presque une homélie,
On fait des vers, l'on n'est plus troubadour,
Et la raison succède à la folie:
Ne faut-il pas que chacun ait son tour?

Vive Grégoire! honneur à son courage!
Comme au combat il allait au festin;
Et tout flacon de l'enivrant breuvage
Chez lui trouvait un semblable destin.
Gorgé de Beaune, il battait la campagne;
Mais sur lui-même il faisait un retour,
En s'écriant; « Versez-moi du Champagne!
» Ne faut-il pas que chacun ait son tour? »

Comme un bouton qui s'empresse d'éclore,
La jeune Emma, qui brûle de charmer,
Avec regret contemple chez Aglaure
Les doux attraits qui la feront aimer.
Aimable enfant, que ton œil se repose
Sur ton corset plus étroit chaque jour!
Voilà quinze ans, tu vas être une rose:
Ne faut-il pas que chacun ait son tour?

« L'homme a forgé des lois contre nature
» En proscrivant tout amour clandestin, »
Disait Léa, dont le mari murmure
Des soins rendus par un petit cousin.
« Pour plaire à deux Dieu me fit assez belle,
» Et pour un seul je brûlerais d'amour!
» Allons, allons, je veux être infidèle:
» Ne faut-il pas que chacun ait son tour?

Auprès du trône, où de la flatterie
Les vils suppôts fermaient tous les chemins,
On adorait la sombre hypocrisie;
Même à ses fers j'ai vu tendre les mains.
O liberté! désormais moins frivole,
Ton culte aura des autels à la cour!
Et d'un bon roi tu dois être l'idole:
Ne faut-il pas que chacun ait son tour?

Les tendres soins donnés à mon enfance
M'ont fait bénir le sein qui m'a porté;
Ma bonne mère, en proie à l'indigence,
Par son labeur du savoir m'a doté.
Oh! maintenant que ma joie est complète!
J'ai d'un peu d'or égayé son séjour.
Je lui dois tout, mais je paierai ma dette:
Ne faut-il pas que chacun ait son tour?

LES DIEUX DE LA TABLE.

Air d'Aristippe.

Ils ne sont plus, ces dieux propices,
Qu'Homère et Virgile ont chantés;
Tristes jouets de nos caprices,
Du ciel on les a rejetés;
Mais aussi plus de poésie,
Plus d'amour chez les immortels,
Plus de nectar, plus d'ambroisie:
Amis, relevons leurs autels.

Le bon Jupin lançait la foudre
(C'est le lot de la majesté);
Mais, au lieu de nous mettre en poudre,
Souvent il frappait à côté;
Il ne voyait point un outrage
Dans les faiblesses des mortels.
L'homme est, disait-il, mon ouvrage:
Amis, relevons ses autels.

Si quelquefois une infidèle
Consommait notre déshonneur,
Vulcain, des époux le modèle,
Nous consolait d'un tel malheur.
On gémissait à son exemple ;
Mais nos chagrins les plus cruels
Restaient sur le seuil de son temple :
Amis, relevons ses autels.

Et la déesse de Cythère,
A qui nous devons les amours,
Dont un souffle animait la terre,
On eût dû l'honorer toujours ;
Son culte nous est cher encore,
Car les baisers sont éternels,
On la prie en disant : J'adore !
Amis, relevons ses autels.

Minerve aussi n'est plus déesse,
De l'Olympe elle était l'honneur ;
Par le chemin de la sagesse
Elle conduisait au bonheur.
Quand son image protectrice
Ornait les foyers paternels,
Des bons rois c'était la tutrice :
Amis, relevons ses autels.

Du sein de la céleste troupe,
Un dieu protégeait la gaîté ;
Sa main versait dans notre coupe
Les ris, l'amour et la santé :
C'était Bacchus, dont les louanges,
Redites aux jours solennels,
Portaient bonheur à nos vendanges :
Amis, relevons ses autels.

Mais n'est-ce point trop d'hérésie ?
Tartufe, assis sur un fagot,
Fait les grands yeux à la folie,
Et s'indigne pour un bon mot.
N'allumons pas sa fureur sainte
Par des vœux qu'il croirait réels,
Et seulement dans cette enceinte,
Amis, relevons leurs autels.

LE PLAISIR, LES AMOURS EFFACENT LA MISÈRE.

Musique de M. Fourcy.

Le plaisir, les amours
Effacent la misère ;
Soyons pauvres, Glycère,
Mais aimons-nous toujours.

D'un châle asiatique
Ton sein n'est pas couvert :
C'est qu'au vice impudique
Il ne s'est pas offert ;
Mais il est sous la bure
Par l'amour agité...
La beauté sans parure
Est encor la beauté.

Le plaisir, les amours, etc.

Fi des femmes charmantes
Dont la science endort !
Jamais tu ne tourmentes
Un piano discord ;
Mais tu peins ton délire
Par des sons si touchans !
Les chants qui font sourire
Sont encore des chants.
Le plaisir, les amours, etc.

Une table parée
D'un roi flatte les goûts ;
Dans sa coupe dorée
Il boit à petits coups.

Ah ! de l'Aï que j'aime
Sers-nous un flacon plein :
Le vin qu'on boit à même
Est encore du vin.

Le plaisir, les amours, etc.

Ton or chez l'indigence
Ne va pas recueillir
De la reconnaissance
Pour te faire applaudir.
Après toi, rien n'atteste
Le pauvre secouru,
Mais la vertu modeste
Est encor la vertu.

Le plaisir, les amours, etc.

Nous mourrons, ma Glycère :
Ah ! mourons sans orgueil !
A l'amitié sincère
Demandons un cercueil,
Un tertre de verdure
Et de fleurs un berceau.
Un tombeau sans dorure
Est encor un tombeau.

Le plaisir, les amours
Effacent la misère ;
Soyons pauvres, Glycère,
Mais aimons-nous toujours.

MON DIEU, PERMETTEZ QUE JE VIVE.

AIR : De ma Céline amant modeste.

Quand l'homme arrive à tout connaître,
Lorsqu'il a su bien définir
Les plaisirs qui charment son être,
Hélas ! il est près de finir.
Déjà le temps couvre de givre
Les trésors où j'aime à puiser.
Mon Dieu, permettez-moi de vivre
Encore un peu pour en user.

Dans les beaux jours de ma jeunesse,
Quand aux pieds je foulais des fleurs,
J'ai pu dédaigner ma maîtresse,
Et rire quand coulaient ses pleurs.
Aujourd'hui mon ame moins vive
Sur l'amour ne peut s'abuser.
Mon Dieu, permettez que je vive
Encore le temps d'un baiser.

Autrefois une table immense,
Qu'assiégeait la franche amitié,
Irritait mon impatience ;
Je ne m'enivrais qu'à moitié.
A présent, qui m'aime m'y suive,
J'y reste planté comme un clou ;
Mon Dieu, permettez que je vive
Encore le temps d'un glouglou.

Au feu roulant de la saillie,
Quand l'esprit forge des bons mots,
On rime, on chante, et la folie
De bouche en bouche a des échos.
Alors sur l'infernale rive
Pluton m'appellerait en vain.
Mon Dieu, permettez que je vive
Encore le temps d'un refrain.

Et puis après quittons la terre !
La terre, cet hôtel garni
Où tout mortel est locataire
Au moins pour un printemps béni.
Mais en répondant au qui vive,
Au moment de monter aux cieux,
Mon Dieu, permettez que je vive
Encore le temps des adieux.

LES PLUS BEAUX JOURS ONT AUSSI LEUR DÉCLIN.

AIR du Page de Schœnbrun : C'est par ma voix que sa toute-puissance.

L'astre du jour de sa douce lumière
Chaque matin vient réjouir nos yeux,
Et dans les champs de sa vaste carrière
Sème en courant le trésor de ses feux.
Mais ce flambeau dont le ciel se décore,
Quand vient le soir, disparaît à la fin :
Malgré l'éclat de leur brillante aurore,
Les plus beaux jours ont aussi leur déclin. *(bis.)*

De ses vingt ans, de ses grâces parée,
Jadis Estelle enlevait tous les cœurs;
Mais l'âge arrive, et la femme adorée
N'entendra plus que des propos moqueurs.
Adieu l'encens dont l'heureuse fumée
A si souvent flatté son cœur mondain;
Elle aime encore, elle n'est plus aimée :
Les plus beaux jours ont aussi leur déclin.

Le faux bonheur que donne l'opulence
Dure un éclair et ne reparaît pas :
Un fat, heureux grâce à son opulence,
Peut marchander tous les biens d'ici-bas.
Mais quand son char vers le plaisir l'entraîne,
C'est le dégoût qu'il rencontre en chemin,
Et le plaisir pour lui se change en peine :
Les plus beaux jours ont aussi leur déclin.

Quel est celui qui saisit la couronne
Et dont l'épée a fait trembler les rois?
C'est un soldat qui va monter au trône
Avec l'appui des peuples et des lois.
Oh! que de gloire à sa race est promise,
Si son orgueil peut supporter le frein!
Mais quoi! déjà sa couronne se brise...
Les plus beaux jours ont aussi leur déclin.

Rome est encore aux rivages du Tibre;
Sous un beau ciel ses débris sont toujours;
Mais là n'est plus un peuple fier et libre,
Là ne vont plus folâtrer les Amours.
Ainsi tout meurt, tout, jusques à la gloire...
Bientôt la nôtre aura même destin,
Et nos exploits sont déjà de l'histoire ! ! !
Les plus beaux jours ont aussi leur déclin.

Mais c'est assez, viens près de moi, ma Lise,
Viens te placer ici, sur mes genoux;
Pour arrêter l'amant qui moralise,
Viens lui donner les baisers les plus doux.
Pour nos plaisirs si le soir est à craindre,
Employons bien les heures du matin;
J'ai quarante ans, mon feu pourrait s'éteindre :
Les plus beaux jours ont aussi leur déclin.

OH! QUE J'AI, MON DIEU! DE GRACES A VOUS RENDRE!

AIR : Tout le long, le long de la rivière.

Dieu fit, pour embellir nos jours,
Et le bon vin et les amours;
Voilà les plaisirs de la vie :
Ah! qu'au moins notre ame ravie,
En les goûtant avec ardeur,
En fasse hommage au Créateur!
Du sein des jeux, moi j'aime à faire entendre :
« Oh! que j'ai, mon Dieu, de grâces à vous rendre!
» Oh! que j'ai de grâces à vous rendre!» *(bis.)*

Mais des amours et du bon vin
N'abusons pas; car est-ce en vain
Qu'on trouve aux roses des épines,
Et l'ivresse au fond des chopines?

Modeste amant, petit buveur,
J'allai doucement au bonheur ;
Et sans regret je fus gaillard et tendre.
Oh ! que j'ai, mon Dieu, de grâces à vous rendre !
Oh ! que j'ai de grâces à vous rendre !

Je touche à l'âge où de Vénus
On se console avec Bacchus...
Pourtant dans les bras d'Émilie
Je fais encor mainte folie,
Et sa main d'un myrte amoureux
Couronne mon front glorieux.
Que de baisers je puis encor lui prendre !
Oh ! que j'ai, mon Dieu, de grâces à vous rendre !
Oh ! que j'ai de grâces à vous rendre !

Je butine, marotte en main,
Dans les domaines du refrain ;
Au fond de mon cœur on peut lire
Ce que je chante sur ma lyre ;
Faibles mais purs, non, mes accens
N'ont jamais tenu lieu d'encens,
Et sans rougir on a pu les comprendre.
Oh ! que j'ai, mon Dieu, de grâces à vous rendre !
Oh ! que j'ai de grâces à vous rendre !

Maîtresse et bons vins et pipeaux
Me laissent parfois en repos :
Alors j'ai recours à mon livre,
Et de science je m'enivre...
Que m'importe si le savoir
Est menacé de l'éteignoir !
Ce que je sais ne peut se désapprendre.
Oh ! que j'ai, mon Dieu, de grâces à vous rendre !
Oh ! que j'ai de grâces à vous rendre !

Myrtes et pampres toujours verts,
Rajeuniront cet univers,
Lorsque, du ciel redescendue,
La Liberté sera rendue
Aux arts, à la gloire, à l'amour...
Verrai-je luire un si beau jour ?...
Votre bonté m'autorise à l'attendre.
Oh ! que j'ai, mon Dieu, de grâces à vous rendre !
Oh ! que j'ai de grâces à vous rendre !

NOTES SUR L'ÉPOQUE ACTUELLE (1834), A L'USAGE DE NOS NEVEUX.

Air de Téniers.

Postérité, dont la naissante aurore
Éclaire un point qui s'efface pour nous,
Petits enfans, on va vous dire encore
Que vos aïeux valaient bien mieux que vous.
Défiez-vous des phrases mensongères
Où notre temps serait si bien traité.
Petits enfans, le siècle de vos pères
Ne vaudra pas l'honneur d'être vanté. (*bis.*)

Notre début fut brillant de cynisme ;
Les rois et Dieu s'en souviennent encor.
On renversait, pour prouver son civisme,
L'autel de marbre et les couronnes d'or.
Pour abaisser les têtes trop altières,
Nous les fauchions avec impunité.
Petits enfans, le siècle de vos pères
Ne vaudra pas l'honneur d'être vanté.

Ah ! si du moins, sous ce niveau funeste,
L'homme dans l'homme eût trouvé son pareil !
Mais l'indigent au mérite modeste
N'a pas encor pris sa place au soleil.
L'orgueil n'a fait que changer de bannières ;
Plus de blason, mais de l'or bien compté.
Petits enfans, le siècle de vos pères
Ne vaudra pas l'honneur d'être vanté.

Garderez-vous une heureuse mémoire
Des jours féconds en illustres malheurs,
Où notre sang distillait de la gloire,
Où tous tombaient, et vaincus et vainqueurs ?
Nous voyez-vous, éternisant les guerres,
Frappant toujours, et jamais à côté?
Petits enfans, le siècle de vos pères
Ne vaudra pas l'honneur d'être vanté.

Quand des combats on respirait à peine,
Du ciel un jour la Liberté descend;
La Liberté, dont la voix claire et pleine
Se révélait aux lèvres de l'enfant.
Mais que d'élus, faisant joyeuses chères,
Ont su garder un silence acheté!
Petits enfans, le siècle de vos pères
Ne vaudra pas l'honneur d'être vanté.

Là de Marat on ranime la cendre;
Ici l'on pleure un roi qu'on a chassé;
Une autre voix qu'on ne veut pas entendre
Oppose en vain les leçons du passé.
On crie, on jure, on court aux réverbères,
Dont nos Brutus redoutent la clarté...
Petits enfans, le siècle de vos pères
Ne vaudra pas l'honneur d'être vanté.

C'était trop peu de remuer la terre,
On nous a vus nous attaquer aux cieux,
Les rétrécir d'une main téméraire
Et les peupler avec de nouveaux dieux.
En avons-nous des craintes moins légères
Quand nous comptons avec l'éternité?
Petits enfans, le siècle de vos pères
Ne vaudra pas l'honneur d'être vanté.

Mais quel espoir! Peut-être que j'accuse
Dès leur matin ces jours dont je gémis.
Ah! si leur soir doit démentir ma muse,
Informez-en mes mânes endormis.
Que ce refrain aux rimes moins amères
Sur mon tombeau soit souvent répété:
« Repose en paix, le siècle de nos pères
» A son déclin s'est réhabilité. »

LE CARNAVAL.

Air de Fourcy : Sur l'onde, ô ma gondole.

Allons, allons du rire,
Et du bruit de grelot!
Des baisers, du délire!
Carnaval passe sitôt! (*Ter.*)

Vous, qui courez les masques dans Lutèce,
Sous un ciel gris, au souffle des autans,
Amans bâtards d'une fausse allégresse,
Qu'entendez-vous? des propos indécens.

Allons, allons, du rire, etc.

C'est un beau ciel qu'il faut à la folie,
C'est un soleil aux rayons empourprés;
C'est le flambeau dont l'heureuse Italie
Voit tous les jours ses coteaux redorés.

Allons, allons, du rire, etc.

Là le plaisir fait suer jusqu'à l'ame,
Là sur l'autel on adore l'encens;

Pendant un jour, Dieu vaut moins qu'une femme,
Et l'on oublie et la messe et l'encens.

Allons, allons, du rire, etc.

Ah ! parlez-moi de la danse joyeuse
Où chaque geste indique un rendez-vous ;
Oui, c'est là-bas qu'une passe amoureuse
Comble l'amant et trompe le jaloux.

Allons, allons, du rire, etc.

Tout est fini... vous piétinez la fange,
Et l'on vous voit ivrés ou soucieux ;
Quand c'est fini là-bas, les bras d'un ange
S'ouvrent pour vous et vous portent aux cieux.

Allons, allons, du rire,
Et du bruit de grelot !
Des baisers, du délire !
Carnaval passe sitôt !

A MADEMOISELLE EULALIE CONSTANS,

AUJOURD'HUI MA FEMME.

Bien jeune encor, de la chanson
Auprès de vous j'ai fait l'apprentissage.
« Rimez, me disiez-vous, c'est le plaisir du sage,
» Préparez-vous des fleurs pour l'arrière-saison ;
» Mais n'immolez jamais, dans votre badinage,
» Le goût, la grâce et la raison. »
Ai-je mis à profit votre utile leçon ?
On le saura dans un autre âge,
Si, dans l'oubli, je ne fais pas naufrage,
Chez le Français devenu moins chanteur.

Puisque de mes refrains la moitié vous est due,
Que justice vous soit rendue
Dans l'esprit de mon lecteur ;
Qu'il apprenne aujourd'hui, par cette dédicace,
Que le *Temple du Goût* vous devrait une place,
Et qu'une autre, à jamais, est pour vous dans mon cœur.

LA SERVANTE CATEAU.

Air : Dis-moi, soldat, dis-moi, t'en souviens-tu?

Un gros tendron, bel esprit de village,
Blâmait du sort les rigoureux décrets;
La pauvre enfant faisait un savonnage,
Et dans ces mots exprimait ses regrets :
Que n'ai-je, hélas, un nom tel que Julie,
De beaux atours, des laquais, un château!...
Pourquoi faut-il, quand on est si jolie, } *bis.*
Être servante et s'appeler Cateau?

Ah! quel enfer! madame est si dévote
Qu'elle ne voit que le curé du lieu;
Elle maudit les Grecs et la gavotte,
Elle médit pour la gloire de Dieu:
Quand j'ai déplu, si je veux qu'on me garde,
Il faut trouver quelque cancan nouveau.
Pourquoi faut-il, quand on n'est point bavarde,
Être servante et s'appeler Cateau?

Mon jeune maître, aux jours de son enfance,
Se réchauffait les dix doigts dans mon sein,
Et l'an passé, quand il vint en vacance,
Il se permit le plus heureux larcin.
Mais à ses vœux je ne dois plus prétendre :
Ah! monsieur Charle est devenu trop beau :
Pourquoi faut-il, quand on a le cœur tendre,
Être servante et s'appeler Cateau?

Le vieux baron seul à moi s'intéresse,
Il m'a souvent débité des douceurs;
Mais je le crains, et sa belle vieillesse
Doit augmenter mon respect pour les mœurs.
D'ailleurs, le fils de notre blanchisseuse
Lui ressemblait comme deux gouttes d'eau.
Pourquoi faut-il, quand on est vertueuse,
Être servante et s'appeler Cateau?

Le grand cousin perdra mademoiselle,
Et j'ai regret de servir leur amour;
J'ai bien souvent, pour leur prouver mon zèle,
Jusqu'à trois fois fait mon lit en un jour.
Avec quel soin je mets dans ma cassette
Les diamans oubliés au rideau!
Pourquoi faut-il, quand on est si discrète,
Être servante et s'appeler Cateau?

De trois galans à qui je suis promise,
Il faut nourrir la conjugale ardeur;
Puissé-je un jour n'être pas compromise,
Car ces gens-là font l'amour sans pudeur.
Les imprudens chez moi laissent des pipes,
Une épaulette, une étrille, un râteau.
Pourquoi faut-il, quand on a des principes,
Être servante et s'appeler Cateau?

Ici Cateau suspendit sa romance,
Un bon soufflet en marqua le repos;
On l'écoutait, et de sa médisance
Les auditeurs se trouvaient les héros.
Rendue aux champs, dans sa douleur amère,
Elle disait, en gardant son troupeau :
Pourquoi faut-il, quand on est si sincère,
Être servante et s'appeler Cateau?

LE NOUVEAU CAVEAU.

Air du Vaudeville d'Arlequin Cruello.

Le temps n'est plus où la chanson,
Dès l'aube matinale,
Réjouissait à l'unisson
Le buveur, la vestale,
La politique envahit tout,
Et ma muse serait à bout,
Si n'était l'espérance;
Mais dans un prochain avenir,
Les flons flons doivent rajeunir :
Nouveau
Caveau,
Fais rechanter en France.

Et pourquoi ne chante-t-on plus,
Quand la matière abonde?
Le vin, la beauté, les abus,
Ont-ils quitté ce monde?
Non, je les retrouve à foison
En tous lieux, en toute saison.
Pourquoi donc ce silence?
Tel un avare et son trésor
Meurt de faim sur un monceau d'or.
Nouveau
Caveau,
Fais rechanter en France.

D'hymnes saints Bacchus autrefois
Eut l'oreille charmée;
L'Inde bénit encor les lois
De sa joyeuse armée.
Et maintenant, en vrai païen,
Qui d'entre nous, en buvant bien,
Songe à la Providence?
Vite, prions, ne fût-ce enfin
Que pour demander du bon vin.
Nouveau
Caveau,
Fais rechanter en France.

A nos maîtresses nous rendons
Un platonique hommage;
Nos aînés avec des fredons
Avançaient mieux l'ouvrage.
Ce qui nous coûte à débiter,
Ils essayaient de le chanter;
Et, grâce à la cadence,
Ils rendaient aveu pour aveu;
Pour eux l'amour n'était qu'un jeu.
Nouveau
Caveau,
Fais rechanter en France.

Avec les méchans a-t-on fait
Une paix générale?
Non; soyons pour chaque méfait
Une cour prevôtale;
Le malin complément des lois,
C'est un couplet qui par son poids
Nivelle la balance:
Jugeons les travers et les sots,
Rendons nos arrêts en bons mots.
Nouveau
Caveau,
Fais rechanter en France.

Et s'il arrivait que le vin,
La critique et les belles,
Ne donnassent plus un refrain
A nos muses rebelles,
Murmurons encor sans pitié
Des sons sur le mot amitié,
Rimant en permanence,
Chez nos neveux un *ut*, un *ré*,
Peut transmettre le feu sacré.
Nouveau
Caveau,
Fais rechanter en France.

LE SOUVENIR.

AIR : A soixante ans (1129).

Mon front se ride et ma tête grisonne,
Je sens parfois chanceler mes genoux :
C'est un avis que ma raison me donne;
Adieu, plaisirs; amours, séparons-nous.
Malgré l'éclat dont brillait son aurore,
Le plus beau jour ne doit-il pas finir?
Brisons les nœuds qui m'attachent encore, } *bis.*
Mais gardons-en du moins le souvenir!

Sur mon berceau reportant ma pensée,
Je me compose un spectacle enchanteur;
Quand je sentais ma couche balancée,
Je m'endormais au bruit d'un chant flatteur.
L'air finissait, et j'appelais ma mère,
Que près de moi je voulais retenir;
Mais un baiser refermait ma paupière...
Oh! l'heureux temps! le joli souvenir!

Je grandissais, et mon ame docile
S'accoutumait à respecter un Dieu;
De ses bienfaits tracés dans l'Évangile,
Je croyais voir une preuve en tout lieu.
Quand je priais, ma ferveur était sainte:
« Seigneur, disais-je, ah! daignez me bénir... »
Et mon amour était exempt de crainte...
Oh! l'heureux temps, le joli souvenir!

Mais une palme orna bientôt ma tête:
Heureux vainqueur de dix adolescens,
D'un nom fameux je rêvais la conquête,
Car le plaisir avait troublé mes sens.
On n'avait pas encor dit anathème
Sur ces lauriers que je voulais cueillir...
Quoi! tant d'ivresse était le fruit d'un thème!
Oh! l'heureux temps, le joli souvenir!

Si je remonte aux jours de ma jeunesse,
Où les désirs succédaient aux désirs,
Je crois revoir ma première maîtresse,
J'entends sa voix, je compte ses soupirs.
Je lui disais : « Livre-moi tous tes charmes...
» Pour tant d'amour je dois les obtenir. »
Et sa pudeur bientôt rendait les armes.
Oh! l'heureux temps, le joli souvenir!

Avec l'amour on aime aussi la gloire,
Et j'étais fier, dans ces jours de bonheur,
De nos succès au Temple de mémoire;
De nos exploits dans les champs de l'honneur.
Ah! si le sort, depuis, nous fut rebelle,
Il est des noms qu'il n'a pas su ternir...
Dans mon printemps que la France était belle!
Oh! l'heureux temps, le joli souvenir!

O MON DIEU, PROTÉGE NOS VIGNES.

Air : Vive le Roi! vive la France!

Un doux soleil promet ses feux
Aux bourgeons qui viennent d'éclore :
Sans regret buvons nos vins vieux ;
La grappe doit mûrir encore.
Amis, d'une telle faveur
Envers le ciel montrons-nous dignes,
Et répétons avec ferveur :
O mon Dieu, protége nos vignes ! (*bis.*)

Tu nous créas pour les amours ;
Hélas ! les amours infidèles,
A l'approche de nos vieux jours,
S'envoleront à tire d'ailes.
Mais sur nos fronts, s'ils sont joyeux,
De l'âge verront-ils les signes?
Pour nous rajeunir à leurs yeux,
O mon Dieu, protége nos vignes !

Si quelque jour le vin manquait...
Oh ! je frémis à cette idée !
Quoi ! vainement, dans un banquet,
On tendrait sa coupe vidée !
Mais non, la soif, chez les mortels,
De pitié les rendrait indignes :
Ils boiraient le vin des autels...
O mon Dieu, protége nos vignes !

Dans un temps fertile en malheurs,
Le plaisir a besoin d'excuse ;
Si nos cyprès semblent des fleurs,
C'est que l'ivresse nous abuse.
Eh bien! d'une flatteuse erreur
Acceptons les bienfaits insignes !
L'oubli des maux, c'est le bonheur...
O mon Dieu, protége nos vignes !

Mais un beau jour bientôt luira,
Où le plaisir sera sans feinte,
Où la gaîté recueillera
Les fruits qu'avait semés la crainte.
Qu'à pleine coupe il soit fêté
Ce jour que déjà tu désignes ;
Nous boirons à la liberté !
O mon Dieu, protége nos vignes!

LES RAISINS SONT GELÉS.

Air : Amis du vin, de la gloire et des belles.

Coteau charmant où la grappe dorée
A chaque automne égayait le buveur,
Champ de bataille où triompha Borée,
Sois aujourd'hui l'objet de ma douleur.
Oui, c'en est fait, une affreuse disette
Va dessécher nos palais désolés ;
Plus de glougloux, pas même de piquette !
Pleurons, amis, les raisins sont gelés *bis.*

Un champ de vigne est l'arène amoureuse
Où les tendrons sont aisément soumis ;
Les ceps grandis et la feuille ombrageuse
Auraient tenu ce qu'ils avaient promis.
Sous leur abri deux à deux on s'arrange ;
Mais les amours déjà sont envolés.
Le vent du nord supprime une vendange :
Pleurons, amis, les raisins sont gelés.

Lorsque la treille avait rempli mon verre,
Je le portais aux lèvres d'Alison ;
Au premier coup j'apaisais sa colère,
Le second coup ravissait sa raison.

Pour ses refus elle demandait grâce,
Et m'enlaçait dans ses bras potelés;
Mais sa vertu reprendra son audace.
Pleurons, amis, les raisins sont gelés.

Le temps est gros; peut-être la tempête
Menace encor nos paisibles foyers;
Déjà nos preux ont relevé la tête,
Et nos enfans se joindront aux guerriers.
Mais dans les camps Catin versait à boire;
Les mieux servis étaient les plus zélés.
Las! qui pourra compter sur la victoire?
Pleurons, amis, les raisins sont gelés.

Les partisans des troubles populaires,
Las de crier et de crier en vain,
Peut-être un jour, déposant leurs tonnerres,
En bons mortels auraient goûté du vin.
On aurait vu dans un banquet bachique
Choquer du verre, à grands coups redoublés,
Les prétendans avec la république;
Pleurons, amis, les raisins sont gelés.

Mais qu'ai-je dit? Et ce corps de réserve,
Par le bon goût lentement amassé,
Ce doux nectar que le buveur conserve,
Et sur lequel dix soleils ont passé!
Guerre aux flacons ménagés par nos pères!
Guerre aux fagots qui les ont recélés!
Ainsi le deuil se change en jours prospères;
Buvons du vieux... les raisins sont gelés.

LA MORALE ET LE PLAISIR.

Air : Amis, nous faut faire une pause.

Lorsque l'ame est épanouie,
La vertu ne nous coûte rien;
On se sent porté vers le bien
Au gré d'une humeur réjouie.
Un cœur qui n'a point à gémir
D'un bienfait souvent se régale...
Puisqu'on nous prêche la morale, } *bis.*
Arrivons-y par le plaisir.

Jadis, aux portes du collége
Un malheureux tendait la main
A l'heure où l'on donnait son pain
Pour mieux combattre sur la neige.
Si je l'eusse laissé languir,
J'aurais vu se fondre ma balle;
Puisqu'on nous prêche la morale,
Arrivons-y par le plaisir.

J'avais vingt ans lorsque Euphrosine
D'amour lentement se mourait,
Sa mère tout haut la plaignait.
Moi, je fis mieux à la sourdine.
Mais dès que je sus la guérir
On ne l'appela plus vestale...
Puisqu'on nous prêche la morale,
Arrivons-y par le plaisir.

Il est un acte méritoire,
C'est d'éclairer les ignorans;
Mais point de phrases de pédans,
Vous endormiriez l'auditoire.
Mieux vaut le trait qui doit jaillir
D'une joyeuse bacchanale...
Puisqu'on nous prêche la morale,
Arrivons-y par le plaisir.

Il faut que chacun s'attribue
Sa bonne part dans les impôts;
Rien sur les biens, tout sur les pots,
C'est ainsi que je contribue.
Le flacon que je fais tarir
Grossit la bourse communale...
Puisqu'on nous prêche la morale,
Arrivons-y par le plaisir.

Mais la morale veut encore
Qu'on rende hommage au Créateur ;
On dit même que le bonheur
Revient de droit à qui l'honore.
Un privilége pour jouir
Vaut bien une oraison mentale.
Puisqu'on nous prêche la morale,
Arrivons-y par le plaisir.

QUE NE PEUT-ON RECOMMENCER LA VIE !

AIR de Philoctète.

N'attendez pas que ma muse en courroux
Chante la mort en style funéraire.
Oui, je le sais, le bonheur sur la terre
Est traversé par un destin jaloux.
L'homme, ici-bas, est en butte à l'envie,
Il est souvent en proie à la douleur...
Et cependant je dis avec candeur :
« Que ne peut-on recommencer la vie ! »

« La mort, dit-on, console les humains ;
» Car l'orgueilleux qui porte la couronne,
» Malgré l'éclat dont sa cour l'environne
» Est, à son tour, nivelé par ses mains... »
Le sort d'un roi n'a rien qui me convie ;
A lui le sceptre et les nuits sans sommeil ;
A moi, des chants, des chants dès le réveil...
Que ne peut-on recommencer la vie !

Qu'avec rigueur l'âge nous est compté !...
Il part du jour où l'homme vient d'éclore ;
Mais le sommeil d'une ame qui s'ignore
De ce calcul doit être rejeté...
Et ces instans dont l'enfance est suivie,
Où notre esprit qui bâtit sa prison
Use à l'étude un germe de raison...
Que ne peut-on recommencer la vie !

Mais à quinze ans on sent battre son cœur,
On vit alors, et le désir nous presse.
Pour tout trésor on veut une maîtresse,
Et l'on s'effraie à l'aspect du bonheur !
Il m'en souvient; dans les bras de Silvie,
Encouragé par un baiser rendu,
J'en restai là, l'air sot, le cou tendu...
Que ne peut-on recommencer la vie !

La volupté pourtant se met au pair,
Et va s'éteindre auprès de l'hyménée.
Dieu des époux, ta chaîne fortunée
Est bien souvent l'avant-goût de l'enfer.
Enfin du sort la haine est assouvie
Quand nous rendons notre dernier soupir...
Du célibat pour goûter le plaisir...
Que ne peut-on recommencer la vie !

Au sein des arts, ainsi qu'au champ d'honneur,
Il est permis d'envisager la gloire ;
Il est permis de penser que l'histoire
Met le talent au rang de la valeur.
Pauvre poète, et ton ame ravie
Rêve déjà la douceur d'un laurier ;
Mais la mort frappe, et tu meurs tout entier...
Que ne peut-on recommencer la vie !

Est-il bien vrai que notre dernier jour
De jours plus beaux soit l'aurore nouvelle ?
Est-il bien vrai que notre ame immortelle
Aille habiter au céleste séjour ?
Du doute, hélas ! cette ame est poursuivie ;
Faibles mortels, nous devenir des dieux !...
Pour éclaircir le mystère des cieux,
Que ne peut-on recommencer la vie !

LA FILLE PUBLIQUE.

AIR : Je sais attacher des rubans.

Laisse-moi, je n'achète pas
Au prix de l'or une caresse ;
Non, non, n'arrête plus mes pas,
Je cours chez ma jeune maîtresse.
Pourtant je veux, en te quittant,
Te plaindre d'une voix amie :
Hélas ! que n'es-tu, pauvre enfant,
Un peu plus sage et moins jolie!

Tes yeux sont beaux et pleins d'amour,
Mais ils scintillent d'indécence ;
Ah ! s'ils ne parlaient qu'à leur tour,
Qu'on aimerait leur éloquence.
Quitte, crois-moi, l'air triomphant,
C'est l'œil baissé qui nous convie.
Hélas ! que n'es-tu, pauvre enfant,
Un peu plus sage et moins jolie !

Sur ton sein que tu viens m'offrir
En vain mon regard se promène,
Non, je ne sens pas le désir
Me parcourir de veine en veine.
Il manque à ton vêtement
Un cordon que ma main délie.
Hélas ! que n'es-tu, pauvre enfant,
Un peu plus sage et moins jolie !

De mots hardis pourquoi toujours
Me dégoûter à chaque phrase ?
Sur tes appas, dans tes discours,
Jette également une gaze.
Ah ! qu'il faut bien choisir l'instant
Pour abjurer la modestie !
Hélas ! que n'es-tu, pauvre enfant,
Un peu plus sage et moins jolie!

Comptant sur tes heureux contours,
Sur ta figure rubiconde,
Tu peux croire à quelques beaux jours,
Et braver les mépris du monde.
Mais on enlaidit promptement;
Déjà le vice t'a vieillie...
Hélas ! que n'es-tu, pauvre enfant,
Un peu plus sage et moins jolie !

Un jour, dans l'oubli de tes sens,
Ne peux-tu pas devenir mère ?
Ton fils de ses bras caressans
Vainement cherchera son père.
Tu le verras, te maudissant,
Rougir de sa mère avilie...
Hélas ! que n'es-tu, pauvre enfant,
Un peu plus sage et moins jolie.

JE DORS BIEN TOUTE LA NUIT.

AIR d'Aristippe.

Que dès la matinale Aurore,
En proie aux tourmens de l'amour,
A la douleur qui le dévore,
L'homme gémisse tout le jour ;
Pour moi, quand s'enfuit la lumière,
Aussitôt mon chagrin s'enfuit :
Doucement je clos ma paupière,
Et je dors bien toute la nuit.

On rit de celui dont le calme
Par un vain songe est traversé,
Hélas ! tout l'orgueil d'une palme
Dès le réveil est renversé.
Mais ceux qu'au temple de mémoire
Le mérite a portés sans bruit,
Sur eux laissaient tomber la gloire,
Et dormaient bien toute la nuit.

Un roi repose sur son trône,
Il dort... pourquoi donc le garder?
Pour le salut de la couronne,
La Vérité veut l'aborder :
Déjà l'auguste vierge éveille
Ce roi qui l'écoute avec fruit...
Mais les gardiens de son oreille
Ne dorment pas toute la nuit.

O toi qu'un malaise de l'ame
Pendant la nuit tient l'œil ouvert,
Qu'on te plaigne, moi, je te blâme,
Va, ton secret m'est découvert.
Sur le duvet de l'opulence,
Ce fantôme qui te poursuit,
C'est ton père dans l'indigence...
Moi, je dors bien toute la nuit.

Pourtant j'aime cette insomnie
Que nous impose le bonheur ;
Avec l'Amour et la Folie,
Dormir serait un déshonneur.
O vous dont le joyeux délire
Attend l'aurore en ce réduit,
Versez, je cesserai de dire
Que je dors bien toute la nuit.

VOYAGE AUX ENFERS.

Air du Vaudeville de la Partie fine.

Vous qui, d'un esprit libertin,
Riez de l'infernale rive,
Vous la verrez un beau matin...
Quant à moi, messieurs, j'en arrive.
Minos, que je quitte à l'instant,
Pesait dans des balances neuves
Quatre marquis contre un savant...
J'espère que voilà des preuves.

D'un vieux jaloux de sa moitié
C'était le tour à l'audience ;
Plein de fureur et de pitié,
Minos rendit cette sentence :
« Mars ou Priape chaque jour
» Ira consoler cette belle ;
» Et lorsqu'on lui fera... l'amour,
» Son mari tiendra la chandelle. »

Dans un nuage de vapeur
S'enveloppait un romantique ;
Minos lui dit : « Monsieur l'auteur,
» Souffrez qu'avec vous je m'explique :
» On m'a nombré tous vos succès ;
» Mais je ne saurais m'y méprendre :
» Quand vous écrirez en français,
» Il faudra vous faire comprendre. »

Arrive ensuite un buveur d'eau,
Un vrai visage de carême ;
A ce spectacle tout nouveau,
Minos s'écrie : « Ah ! qu'il est blême !
» Dans ces lieux il satisfera
» Tout à loisir ses goûts perfides :
» Pendant dix ans il restera
» Sous le tonneau des Danaïdes. »

Un courtisan vint à son tour,
Encor fatigué de courbettes.
Minos dit au flatteur de cour :
« Reposez-vous sur ces banquettes.
» Pluton sera moins exigeant
» Que maintes majestés ingrates ;
» Vous rampiez comme le serpent,
» Vous marcherez à quatre pattes. »

Minos d'un ministre odieux
Ensuite écoute la défense.
« Dans le séjour des bienheureux
» Allez, dit-il à l'excellence.

» Vous qui des rois trompiez le cœur,
» Vous qui régniez par injustice,
» Pour vous l'image du bonheur
» Doit être le dernier supplice. »

Mon tour venant, je m'efforçais
De plaire à l'infernale troupe;
Mais on comprit dans mon procès
Mes vers, ma marotte et ma coupe.
« Renvoyons-le, s'écria-t-on,
» L'enfer irait de mal en pire!
» Il m'en coûte, disait Pluton...
» Mais il faut sauver mon empire.

UN PEU D'AZUR, ET J'OUBLIERAI L'ORAGE.

Air de Philoctète.

Le ciel n'a pas d'éternelles rigueurs,
Un rien suffit pour calmer sa colère,
Et la nature a semé sur la terre
Plus de plaisirs encor que de douleurs.
Comme un esquif menacé du naufrage,
Mon pauvre cœur souvent a dû gémir;
Mais quand le ciel venait à s'éclaircir, } *bis.*
Un peu d'azur, et j'oubliais l'orage.

Ces courts instans de plaisirs si naïfs,
Où l'homme enfant ne vit que d'espérance,
Ces jours heureux qu'on appelle l'enfance,
Sont obscurcis par des soupirs plaintifs.
On vit couler mes larmes au jeune âge
Pour un joujou qui se brisait trop tôt;
Mais Arlequin succédait à Pierrot;
Un peu d'azur, et j'oubliais l'orage.

Comme un secret dérobé dans les cieux,
C'est tout-à-coup que l'amour se révèle:
J'avais quinze ans, j'adorais une belle,
Et je pensais empiéter sur les dieux.
A la beauté je crus faire un outrage
Lorsqu'en tremblant j'osai dire mes vœux...
Mais un beau jour j'entendis des aveux:
Un peu d'azur, et j'oubliai l'orage.

Quand le destin nous eut enfin trahis,
Et des combats nous ferma la carrière,
Des rois vaincus l'insolente bannière
Se déploya sur les murs de Paris;
Mais sous ces murs tout fumans de carnage,
Un roi français, si long-temps rejeté,
Traçait les mots de charte et liberté...
Un peu d'azur, et j'oubliai l'orage.

Rêves de gloire, amoureux rendez-vous,
Plaisirs fougueux de ma folle jeunesse,
Vous n'allez plus à la froide vieillesse;
Songes charmans, pourquoi finissez-vous?
Eh quoi! sitôt faut-il plier bagage?
L'ennui déjà viendrait-il m'attrister?...
Non, jusqu'au bout je veux rire et chanter:
Un peu d'azur, et j'oublirai l'orage.

VANTEZ DONC MA SAGESSE.

Air de Philoctète.

A chaque instant j'entends dire tout bas:
« Mais voyez donc comme elle est embellie!
» Tout à la fois et modeste et jolie,
» Elle est charmante et ne s'en doute pas,
» C'est l'innocence et toute sa simplesse. »
Moi l'innocence, ah! c'est par trop d'honneur.
Juge indulgent, descendez dans mon cœur, } *bis.*
Et puis après, vantez donc ma sagesse.

Mon père, un jour, devant moi se plaignait
Des torts affreux d'une épouse infidèle;
Et furieux, se déchaînant contre elle,
Encore un peu, je crois qu'il la battait;

Mais d'un vieillard attendre une caresse
Quand le plaisir est encor de saison !
Juge indulgent, ma mère avait raison...
Et puis, après, vantez donc ma sagesse.

Dans mon corset faut-il laisser languir
Le doux trésor qu'y plaça la nature ?
Non ; c'est en vain que ma mère en murmure,
Dans les salons j'aime à m'évanouir.
Bien lentement je sors de ma faiblesse,
Et quand il faut remettre mon fichu,
Juge indulgent, j'attends qu'on ait bien vu :
Et puis, après, vantez donc ma sagesse.

Du Spartacus qu'à loisir j'admirais,
En contemplant la suave sculpture,
Je recherchais d'une libre nature
La beauté mâle et les charmes secrets,
Sur certain lieu bientôt mon œil s'abaisse,
Et je rougis, mais non pas par pudeur.
Juge indulgent, taxez mieux ma rougeur,
Et puis, après, vantez donc ma sagesse.

Quand vient le soir, je trouve en mon sommeil
De vingt amans l'image fortunée,
Je rêve alors un brillant hyménée,
Et l'on m'épouse au moment du réveil,
Mais l'avant-goût de la plus douce ivresse
N'est pas toujours la chimère du cœur.
Juge indulgent, consultez ma pâleur,
Et puis, après, vantez donc ma sagesse.

LE TEMPS PERDU NE SE RETROUVE PAS.

Air : Mes bons amis, je radote peut-être, ou 1870.

Des courts instans qu'on appelle la vie,
Puisque le nombre, hélas ! est incertain,
Au jour le jour, à l'aimable Folie
Abandonnons notre joyeux destin.
Fêtons, amis, en passant sur la terre,
Et les vins vieux et les jeunes appas...
Empressons-nous ; l'avis est salutaire :
Le temps perdu ne se retrouve pas.

Heureux enfans, à votre âge on ignore
Les noirs soucis de l'arrière-saison,
Jouez, chantez, chantez, jouez encore ;
Hélas ! trop tôt vous viendra la raison :
Rencontrez-vous jamais un cœur de glace ?
Chacun sourit à vos bruyans ébats !
Pour vos plaisirs, qu'aucun regret n'efface,
Le temps perdu ne se retrouve pas.

Vous grandirez, et bientôt une femme
Vous apprendra ce que c'est que l'amour.
Ah ! laissez-vous pénétrer de sa flamme :
C'est pour aimer qu'on a reçu le jour.
Si le bonheur d'abord vous épouvante,
Rassurez-vous, et tendez-lui les bras...
Pour s'enivrer des baisers d'une amante,
Le temps perdu ne se retrouve pas.

Mais au plaisir vous préférez l'étude,
Et des beaux-arts vous vous sentez épris ;
Marchez, enfans, plus le chemin est rude,
Plus il est beau d'y remporter le prix.
Allez au but, en méprisant l'envie,
Dont les clameurs arrêteraient vos pas...
Lorsqu'à la trace on poursuit le génie,
Le temps perdu ne se retrouve pas.

Si quelque jour le rang ou la fortune
Vous conduisaient dans le temple des lois,
N'oubliez pas, au pied de la tribune,
La liberté gémissante et sans voix.
Secourez-la, que sa gloire flétrie
Se régénère au sein de vos débats...
Dépêchez-vous ! Pour sauver la patrie,
Le temps perdu ne se retrouve pas.

Et tout couverts de palmes immortelles
Vous reviendrez écouter nos chansons ;
Vos noms chéris dans des rimes nouvelles
De notre lyre animeront les sons.
Dans nos refrains nous faisons de la gloire ;
Accourez donc à nos joyeux repas,
Le verre en main, entendre votre histoire ;
Le temps perdu ne se retrouve pas.

SAUVEZ AU MOINS LES APPARENCES.

Air de l'Angélus.

Qu'il serait beau d'être parfait,
De suivre en tout point la justice !
Mais la vertu qui satisfait
Ne séduit pas comme le vice :
Aussi parfois l'homme d'honneur,
Lorsqu'il cherche des jouissances,
Peut faire mal ; mais par pudeur
Il sauve au moins les apparences.

Ouvrant son cœur à trop d'amour,
Paul, qu'à vingt ans l'hymen engage,
Loin de sa femme, chaque jour,
Se livre au galant badinage :
Héros chez Laïs et Phryné,
Il paie encor ses redevances...
Il en mourra... l'infortuné !
Mais il sauve les apparences.

Un prince long-temps indompté,
Roi sans aïeux, mais non sans gloire,
Oublia que la liberté
L'avait conduit à la victoire.
A sa cour fertile en guerriers
Souvent Thémis vint sans balances ;
Mais sous des monceaux de lauriers
Comme il sauvait les apparences !

Avec l'appui d'un bras vengeur,
Bientôt la Grèce allait renaître ;
Et sous le glaive destructeur
Bientôt elle va disparaître.
Rois, qui n'osez vous déclarer
Pour mettre un terme à ses souffrances,
Permettez-nous de la pleurer ;
Sauvez au moins les apparences !

Et vous que devrait effrayer
De Henri l'ombre gémissante,
Sur notre sol hospitalier,
Vous qui ramenez l'épouvante,
Effroi du peuple, des Césars,
Si vous préparez des vengeances,
Cachez, cachez bien vos poignards :
Sauvez au moins les apparences.

Patentés du sacré vallon,
Vous qu'un fauteuil immortalise
Sous la bannière d'Apollon,
Si vous recrutez dans l'église,
Évitez de fâcheux éclats...
Prenez, malgré les influences,
Un poète sur dix prélats ;
Sauvez au moins les apparences.

On dit qu'au Pinde, où sans façon
Les dieux voulaient chanter et boire,
Momus vint à parler raison,
Et qu'il endormit l'auditoire.
Si mon refrain trop sérieux
A ces fâcheuses conséquences,
De temps en temps ouvrez les yeux ;
Sauvez au moins les apparences.

DIEUX DU PLAISIR, RECEVEZ MON ENCENS.

Air du Carnaval, de Béranger.

L'indifférence a donc son fanatisme ;
La foi, pourtant, de l'ame est le soutien.
Oh ! que je plains celui dont l'athéisme
Censure tout et ne veut croire à rien.
Moi, j'ai mes dieux ; ils sont légers, frivoles,
Mais leurs secours n'en sont pas moins puissans ;
Plaisirs joyeux dont je fais mes idoles,
Je crois en vous ; recevez mon encens.

Je le veux bien, renions la chimère
Du paradis qu'on nous promet aux cieux ;
Mais convenons qu'on trouve sur la terre
Un autre Éden auprès de deux beaux yeux.
Quoi de meilleur que la céleste flamme
Où l'homme heureux divinise ses sens ?
Baisers d'amour donnés par une femme,
Je crois en vous ; recevez mon encens.

Je le veux bien, n'allons pas à confesse ;
Un indiscret pourrait nous écouter ;
Mais quelque jour si le chagrin m'oppresse
Jusques au bout je veux le raconter.
Dans un ami ma confiance est pleine,
En le quittant mes maux sont moins cuisans.
Douce amitié qui partagez ma peine,
Je crois en vous, recevez mon encens.

Je le veux bien, chicanons l'Écriture ;
Combien d'erreurs dans le texte divin !
Pourquoi d'un Dieu faire sa nourriture ?
Le sang du Christ n'est-il qu'un peu de vin ?
Mais on en boit autre part qu'à la messe ;
Ceux de Grignon me semblent ravissans.
Glougloux charmans où je puise l'ivresse,
Je crois en vous, recevez mon encens.

Je le veux bien, un sermon nous assomme ;
Le ton, surtout, vient gâter la chanson ;
Ainsi que moi vous y faites un somme,
Car le repos est toujours de saison.
Mais du sommeil épargnez le scandale
Au gai chanteur dont j'aime les accens,
Refrains grivois qui prêchez la morale,
Je crois en vous, recevez mes accens.

LES SIÈCLES PASSÉS À CONFESSE.

Air : Sous le fichu de ces demoiselles.

Confessons-nous, transmettons à l'histoire
Quelques travers des siècles précédens.
Postérité, pourras-tu bien me croire ?
On te promet de si bénins enfans ;
Las ! de nos jours, le génie et la gloire
Ont sottement enflammé tous les cœurs.
Mais de nos torts qu'onp erde la mémoire,
Tout doucement on nous rendra meilleurs.

Le laboureur jadis à l'ignorance
Sans nul regret brûlait tout son encens ;
Mais à présent il a porté la lance,
Il se croit homme, il instruit ses enfans.
Dans ses loisirs il consulte l'histoire,
Des nations il juge les pasteurs.
Ah ! de nos torts qu'on perde la mémoire,
Tout doucement on nous rendra meilleurs.

Lorsque l'étude à la raison fut jointe,
Vint la science en pompeux appareil ;
De son compas je vois encor la pointe
Qui dans les cieux a cloué le soleil.
Quoi ! les feuillets de la très-sainte histoire
N'ont pas vaincu ces funestes erreurs !
Ah ! de nos torts qu'on perde la mémoire,
Tout doucement on nous rendra meilleurs.

Colomb, poussé d'une ardeur indiscrète,
Vers l'Amérique a dépassé les mers ;
Pourquoi de Dieu dévoiler la cachette ?
Le bel honneur d'agrandir l'univers !

Loin d'expier cette honteuse gloire,
Monsieur Christophe eut des admirateurs.
Ah! de nos torts qu'on perde la mémoire,
Tout doucement on nous rendra meilleurs.

Le Créateur a ses jours de colère,
Il doit venger l'oubli de ses autels;
Pour leur honneur il avait le tonnerre,
Dont le fracas effrayait les mortels.
Mais de Franklin vous connaissez l'histoire,
Un peu de fer a calmé nos frayeurs.
Ah! de nos torts qu'on perde la mémoire,
Tout doucement on nous rendra meilleurs.

Contre son Dieu l'homme toujours en guerre,
S'est fait la loi de parer tous ses coups;
Un mal affreux veut ravager la terre,
Bailly, François, Mazet, où courez-vous?
Mazet expire en se couvrant de gloire...
Ses survivans sont nommés nos sauveurs.
Ah! de nos torts qu'on perde la mémoire,
Tout doucement on nous rendra meilleurs.

Mais vers le bien chacun de nous avance,
A reculons le premier pas est fait;
Déjà les lois enchaînent l'éloquence,
Il était temps, la raison triomphait.
Le glaive en main, les fils de la victoire
Sont dans les rangs de nos convertisseurs*...
Ah! de nos torts qu'on perde la mémoire,
Tout doucement on nous rendra meilleurs.

LES CONSEILS DE MOMUS.

Air : Et lon lon la landerirette.

Quand Momus m'ouvrit son temple,
Il daigna me rassurer :
Prends, me dit-il, pour exemple
Ceux que je sus inspirer.

* Alors les missionnaires déclamaient aux Petits-Pères, sous la protection des lames de sabre des gendarmes.

En jouant monte ta lyre,
Et fais éclore en mon nom
Joyeux refrain, malin sourire;
Chanter et rire, c'est si bon!

Loin cette terreur panique
De mettre par quelques vers
En danger la république,
En rumeur tout l'univers!
Va, tu prendrais pour détruire
D'autres armes qu'un flon flon..
Vive un refrain! vive un sourire!
Chanter et rire, c'est si bon!

Sur son trône, s'il sommeille,
Éveille le roi gaîment.
Est-il trompé d'une oreille,
A l'autre dis-lui qu'on ment;
Devant Saül en délire
David disait sa chanson :
Vive un refrain! vive un sourire!
Chanter et rire, c'est si bon!

Lorsque sans miséricorde
Tu fronderas les méchans,
S'ils détruisent corde à corde
Tes luths toujours renaissans,
Conserve pour leur martyre
Et la mesure et le ton :
Vive un refrain! vive un sourire!
Chanter et rire, c'est si bon!

Mais ce n'est pas à médire
Que se bornent mes penchans;
C'est la vertu qui m'inspire
Mes accords les plus touchans.
La gaîté, dans l'art d'écrire,
Doit s'unir à la raison :
Vive un refrain! vive un sourire!
Chanter et rire, c'est si bon!

Pour honorer le génie
On a choisi les lauriers,
Doux trésors que la patrie
Garde aux savans, aux guerriers.
Momus, pour ceux qu'il attire
N'a qu'une fleur en bouton;
Puis un refrain, puis un sourire,
Chanter et rire, c'est si bon!

POURQUOI TROMPER L'ENFANCE?

Air du Vaudeville de la Somnambule.

On me disait, et j'aimais à le croire,
On me disait que sans la probité
L'homme n'aurait jamais ni rang, ni gloire;
Je me soumis aux lois de l'équité.
Mais la vertu conduit à l'indigence,
Et l'indigence est presque un déshonneur.
Graves docteurs, pourquoi tromper l'enfance
Sur les moyens d'arriver au bonheur?

Tout jeune encore, à l'école primaire,
En travaillant que n'ai-je pas appris!
Mon ami Charle, il était fils du maire,
Sans travailler remportait tous les prix.
Fallait-il donc me gorger de science?
Charle est un sot; mais il s'est fait flatteur...
Graves docteurs, pourquoi tromper l'enfance
Sur les moyens d'arriver au bonheur?

Vous me disiez : Le Dieu qui t'a fait naître
Veut d'un cœur pur la touchante oraison.
Je pris alors l'Évangile à la lettre,
Et j'aimai Dieu sans blesser ma raison.
Mais qu'ai-je vu? chez la dévote engeance
Un amour vrai serait-il une erreur?
Graves docteurs, pourquoi tromper l'enfance
Sur les moyens d'arriver au bonheur?

On me disait : « Quand viendra le bel âge,
» Fuyez, mon fils, l'amour et ses plaisirs. »
Je les fuyais; mais dans mon ermitage
L'Amour survint, escorté des désirs.
Un jour Zoé s'offre à moi sans défense,
Je l'adorais... et pourtant j'avais peur.
Graves docteurs, pourquoi tromper l'enfance
Sur les moyens d'arriver au bonheur?

Pour les lauriers offerts par la patrie
J'armai mon bras : France, il fut ton soutien!
Mais sur quel front la palme s'est flétrie,
Qui verte encor devait orner le mien?
Moi, j'ignorais qu'on payât la vaillance
Dans les salons, et loin du champ d'honneur.
Graves docteurs, pourquoi tromper l'enfance
Sur les moyens d'arriver au bonheur?

« La gloire attend une muse ingénue,
» La tienne un jour doit fronder nos travers.
» La vérité déplaît quand elle est nue,
» Fais-la chérir en passant par tes vers. »
Dans la carrière aussitôt je m'élance;
Mais en chemin m'attendait le censeur.
Graves docteurs, pourquoi tromper l'enfance
Sur les moyens d'arriver au bonheur?

J'obtins l'honneur de parler pour la France,
Et je promis, par un serment sacré,
Sur nos besoins d'éclairer la puissance;
Las! j'ai tenu ce que j'avais juré.
Sans vos conseils, un peu de complaisance
M'eût attiré des biens, de la faveur...
Graves docteurs, pourquoi tromper l'enfance
Sur les moyens d'arriver au bonheur?

Ne frappons plus au temple de mémoire,
Éveillons-nous, je ne veux plus rêver;
Dans mes projets tout était illusoire,
C'est le bonheur qu'enfin je veux trouver.
Bacchus! Amour! je suis las d'abstinence,
Daignez remplir et mon verre et mon cœur.
Inspirez-moi, je veux dire à l'enfance,
Par quels moyens on arrive au bonheur.

REVENONS AUX CANTIQUES DU VIN ET DES AMOURS.

AIR DE FOURCY : Doux Soleil d'Italie.

L'espoir renaît : voyez-vous de son aile
Un mal affreux * et les vents pourchassés.
Pour nos plaisirs c'est une ère nouvelle ;
Datons du jour où Dieu dit : « C'est assez. »
Mais, de nos jeux en renouant la chaîne,
Abandonnons tous ces sentiers battus,
Où trop long-temps chaque parti se traîne ;
On en boit moins, on n'en aime pas plus.
Aux refrains politiques
Renonçons pour toujours ;
Revenons aux cantiques
Du vin et des amours.

Encor trempés des ondes du naufrage
Nous verra-t-on, par d'homicides vœux,
Prier le ciel pour un nouvel orage
Qui gronderait jusque sur nos neveux ?
De vos aïeux maudissez l'héritage,
Pauvres enfans, si nous avons ces torts.
Ah ! laissons-leur un exemple plus sage :
Celui du rire et des joyeux transports.
Aux refrains, etc.

Un roi déchu, des dictateurs imberbes,
Un prince enfant et le fils d'un soldat,
Ont tour à tour, levant leurs fronts superbes,
Prêté leur nom pour déchirer l'état.
Et la chanson terroriste ou bigote
De son secours appuîrait les méchans !
Honte à Momus ! s'il fait de sa marotte
Un autre glaive aux mains des intrigans.
Aux refrains, etc.

Voyez le preux qui vit dans les alarmes,
Qui comme un trône apprécie un grabat ;
C'est en chantant qu'il prépare ses armes,
C'est en dormant qu'il attend le combat.
Il s'intéresse à la race future,
Sème la vie en courant à la mort,
Et, jusqu'au bout, enfant de la nature,
Il aime, il boit, il succombe et s'endort.
Aux refrains, etc.

* Le choléra venait de finir.

Ah ! si Paris, dans sa sainte muraille,
Par l'étranger se voyait menacé,
Qu'il serait beau, dans un jour de bataille,
Ce grand courage en bons mots dépensé !
Mais jusque là faut il donc qu'on oublie
La vigne en fleurs et les appas naissans ?
Faut-il enfin donner à la patrie
Des pleurs gratuits plutôt que des enfans ?
Aux refrains, etc.

A moi ! plaisirs dont j'ai fait abstinence !
Venez, venez ranimer mes esprits.
A moi surtout, baisers de l'innocence,
Et vous, bons vins que l'on avait proscrits !
Ne craignez pas de noyer ma sagesse,
Car sur l'esquif où je suis passager,
Vois-je le port ? je bondis d'allégresse,
Vois-je l'écueil ? je suis prêt à nager.
Aux refrains politiques
Renonçons pour toujours ;
Revenons aux cantiques
Du vin et des amours.

DIEU CONNAIT SON AFFAIRE.

AIR DE CHANU : Allons, messieurs, tournez, tournez !

Chacun, pour nous rendre meilleurs,
Nous offre ses services ;
Mais le ciel a mis dans nos cœurs
Des vertus et des vices.
Le problème ainsi résolu,
On n'a plus qu'à se taire.
Marchons comme Dieu l'a voulu ;
Dieu connaît son affaire.

Pour mon compte je suis gourmand ;
Mais qu'on daigne me dire
Si sans ce défaut le Normand
Aurait le mot pour rire.
Aux pâturages neustriens
Si le beefteack prospère,
Le bœuf n'est pas fait pour les chiens ;
Dieu connaît son affaire.

Je puis encore m'accuser
Du doux péché d'ivrogne ;
Mais s'il ne faut plus se griser,
A quoi sert la Bourgogne?
La soif est de tous les instans,
Et pour la satisfaire
La vendange a lieu tous les ans...
Dieu connaît son affaire.

Dans ce monde que nous peuplons
De tendrons et de drilles,
La nature fait des garçons
Un peu moins que des filles.
La différence est près d'un quart ;
Or le célibataire
Dans ce trop plein trouve sa part ;
Dieu connaît son affaire.

Aux rameaux de cet espalier
Quel beau fruit se colore !
Sous le fichu, le tablier,
Que d'appas chez Aglaure.
Mais les charmes comme le fruit
Ne sont qu'un bien précaire :
Ce qu'on dédaigne se détruit ;
Dieu connaît son affaire.

Ce globe est immense ; et pourtant
On n'y tient qu'une place,
C'est afin que plus aisément
L'homme y passe et repasse.
Et quand de nouveaux pèlerins
Encombrent la carrière,
La mort éclaircit les chemins...
Dieu connaît son affaire.

L'enfer là-bas, l'Éden là-haut,
Sont remplis et de reste ;
Et vous croyez prendre en défaut
L'aubergiste céleste.
Eh bien ! j'admets tous les refus
De Satan, de saint Pierre :
Mais alors nous ne mourrons plus ;
Dieu connaît son affaire.

LE CINQ JUIN.

Air de Philoctète.

Découvrez-vous, le convoi va passer !
Dit en grondant la foule menaçante.
De la cité c'est la jeunesse ardente,
C'est un torrent qui peut tout renverser.
Ah ! que du deuil la couleur triste et noire
Dise, avec eux, qu'un grand homme * n'est plus;
Mais ces poignards sont au moins superflus: } (*bis.*)
Faut-il du sang pour écrire l'histoire ? }

Ils ont coupé par de larges sillons **
Le sol oisif de la place publique...
Eh quoi ! ce cri : Vive la république !
Invite-t-il au culte des moissons?
Non, la révolte, invoquant la victoire,
Ici, Français, vous appelle en champ-clos ;
Et ces pavés recouvraient vos tombeaux !
Faut-il du sang pour écrire l'histoire ?

* Le général Lamarque.
** Les barricades.

Dans nos maisons les voilà triomphans,
Et nos réduits sont des champs de bataille.
Laissez du moins l'abri d'une muraille
Où chaque mère attire ses enfans.
Pauvres petits, gardez bien la mémoire
De ces clameurs et du bruit de l'airain ;
Qu'un pareil jour n'ait pas de lendemain !
Faut-il du sang pour écrire l'histoire ?

Ah ! sans horreur avez-vous pu songer
Que du mousquet votre plomb qui s'élance
Touche, à coup sûr, un enfant de la France,
Son défenseur, l'effroi de l'étranger ?
Ou que, tiré sur un but illusoire,
Par un atome en chemin détourné,
Il frappe au cœur un père infortuné ?
Faut-il du sang pour écrire l'histoire ?

Cessez vos feux, l'écho de nos remparts
Va les redire à l'Europe ulcérée ;
Cessez vos feux, vous sonnez la curée
Où vont courir aigles et léopards.
Ils ont prédit qu'un jour expiatoire
Luirait enfin... l'avez-vous oublié ?
Du beau pays par les rois envié
Faut-il du sang pour écrire l'histoire ?

A votre erreur je trouve un beau côté :
Oui, vous voulez que tout se régénère ;
Mais procédez comme une bonne mère :
Elle aime bien l'enfant qu'elle a gâté.
Nos fronts vieillis sont peu friands de gloire ;
N'y placez pas des palmes malgré nous :
Nous passerons, l'avenir est à vous...
Faut-il du sang pour écrire l'histoire ?

LE PREMIER MOT DE L'ORPHELIN.

AIR : On dit dans nos forêts lointaines.

Frère adoré, pauvre Thomire,
Quand donc enfin parleras-tu ?
Ah ! de ta bouche au doux sourire
Qu'un mot serait le bien venu !
Les paroles du premier âge
Ont un charme si séducteur !
Allons, Thomire, allons, courage !
Dis comme moi : Bonsoir, ma sœur.

Dès le matin, quand je t'éveille,
C'est pour commencer mes leçons.
J'aime à te voir prêter l'oreille
Aux airs de mes folles chansons.
De ta gaîté que je partage
Puisque tu me dois la douceur,
Allons, Thomire, allons, courage !
Dis comme moi : Merci, ma sœur.

Mais la nature chez Thomire
Était le meilleur précepteur.
Un jour, l'enfant se prend à dire :
« Maman ! » ce mot qui part du cœur.
Alors l'innocent badinage
Fait place à la sombre douleur,
Et Léa se disait : Courage !
Soyons et sa mère et sa sœur.

LES LEÇONS UTILES.

AIR : Amis, dépouillions nos pommiers.

Rendons à Momus ses grelots,
Sa gaîté, son délire,
Et remplaçons par des bons mots
Les mots de la satire.
Plus de ces refrains
Brisant tous les freins,
Et bien moins gais qu'hostiles.
En vers et chansons,
Amis, ne laissons
Que des leçons
Utiles.

Vers le bonheur, souverain bien,
L'instinct peut nous conduire ;
Mais l'art d'être heureux vaudrait bien
La peine de l'écrire.
Montrons aux humains
Qu'il est des chemins
Pour les plaisirs tranquilles.
En vers et chansons, etc.

Que l'égoïste ouvre les yeux
Sur son erreur extrême;
Prouvons-lui que, pour être heureux,
Il faut d'abord qu'on aime.
Amour, amitié,
Entrez, par pitié,
Dans les ames stériles.

En vers et chansons, etc.

Contre les travers du salon
Répétons nos croisades;
Qu'ils portent, ces gens du bon ton,
Envie à nos rasades.
Avec leurs ennuis
Comparons nos nuits
En rire si fertiles;

En vers et chansons, etc.

Puisque l'hymen est peu soigneux
Des devoirs du ménage,
D'un vers flattons les amoureux,
Relevons leur courage.
Sans eux les époux
Feraient, entre nous,
Des déserts de nos villes.

En vers et chansons, etc.

Couvrons nos tableaux ingénus
D'épaisse mousseline;
Les charmes qui plaisent le plus
Sont ceux-là qu'on devine.
Limons, polissons
Des vers, polissons
Les crudités futiles.

En vers et chansons, etc.

Léguons à nos derniers neveux
Un avis salutaire:
Disons que la truffe vaut mieux
Que la pomme de terre;
Que tous les jambons,
S'ils sont gras et bons,
Vont aux buveurs habiles.

En vers et chansons, etc.

Faisons passer la vérité
A l'aide du fou rire;
Et de notre antique gaîté
Refleurira l'empire,
Et soir et matin
Un peuple badin
Dira nos vaudevilles:

En vers, en chansons,
Amis, ne laissons
Que des leçons
Utiles.

LE JEUNE SUISSE.

AIR nouveau de France.

On prodiguait l'or de la France
A des soldats qu'on achetait;
Mais, fier de son indépendance,
Un jeune Suisse ainsi chantait:
La liberté, non la richesse,
Est le trésor des bonnes gens:
Partez sans moi, folle jeunesse,
Pour être heureux, je reste aux champs.

Bruit de clairons, chants de victoire
Ont enflammé vos jeunes cœurs;
Et vous croyez qu'un jour la gloire
Récitera vos noms vainqueurs.
Allez, amis, dans votre ivresse,
Vous immoler pour des tyrans.
Partez sans moi, folle jeunesse;
Pour être heureux, je reste aux champs.

Trouverez-vous là-bas encore
Le doux soleil de nos coteaux?
Chargerez-vous l'écho sonore
Des sons naïfs de vos pipeaux?
Non, vos refrains, dans leur simplesse,
Seront proscrits auprès des grands.
Partez sans moi, folle jeunesse;
Pour être heureux, je reste aux champs.

Par des baisers mouillés de larmes
L'amour ici fait ses adieux ;
Il vous promet que tant de charmes
Resteront purs de nouveaux feux.
Comptez pour rien cette promesse,
L'absence fait les inconstans.
Partez sans moi, folle jeunesse ;
Pour être heureux, je reste aux champs.

Vous reviendrez un jour, peut-être,
Mais jusque là que de douleurs
Pour le vieillard qui vous fit naître,
Et dont je vois couler les pleurs !
Ah ! si mon père en sa vieillesse
Devait trembler pour ses enfans !...
Partez sans moi, folle jeunesse ;
Pour être heureux, je reste aux champs.

LES ADIEUX DE LA LIBERTÉ.

AIR du Chant Français.

A la lueur d'affreux éclairs,
Au bruit d'un tonnerre effroyable,
La Liberté, fendant les airs,
Disait d'une voix lamentable :
Toi que protége un ciel si beau,
Toi que tant de gloire environne,
Dont la main creuse mon tombeau,
Adieu, France, je t'abandonne.

Pour mieux éclairer l'univers,
Sur toi se leva mon aurore ;
Tes fils, oubliant leurs revers,
Ne pleuraient plus, chantaient encore.
De leurs exploits dignes des dieux
Je voyais sourire Bellone ;
Mais leur gloire a blessé tes yeux...
Adieu, France, je t'abandonne.

Dans ces beaux jours, règne des lois,
L'origine semblait commune,
De l'homme utile alors la voix
Résonnait libre à la tribune.
Cette voix, contre les abus
Je l'entends encore qui tonne ;
Mais tu ne veux plus de vertus...
Adieu, France, je t'abandonne.

Pour la sagesse et les beaux-arts
Partout j'avais ouvert des temples ;
Vainqueurs du temps et des hasards,
Là survivaient d'heureux exemples.
Tes fils, au sortir du berceau,
Couraient y prendre une couronne ;
Mais un prêtre éteint leur flambeau...
Adieu, France, je t'abandonne.

J'ai vu tes fils à leur réveil
Prier le Dieu de la nature,
Ce Dieu qui ne fit qu'un soleil
Pour l'hérésie et la foi pure.
Tes fils disaient que l'Éternel
A l'une et l'autre erreur pardonne ;
Mais tu ne veux qu'un seul autel...
Adieu, France, je t'abandonne.

AH! POURQUOI NE SUIS-JE PAS ROI?

AIR d'Aristippe.

Quelquefois au trône j'aspire,
J'y monte, et mon front radieux
Sous la couronne d'un empire
Est salué d'un peuple heureux ;
C'est lorsque le jus de la treille
Dans un songe règne pour moi ;
Mais, hélas ! bientôt je m'éveille...
Ah ! pourquoi ne suis-je pas roi ?

Les rois sont armés du tonnerre :
Moi, je voudrais le déposer ;
Pour donner des biens à la terre,
Laissons-la d'abord reposer.

Pourtant, sous un ciel sans nuage,
On respecterait avec moi
Les preux échappés à l'orage...
Ah! pourquoi ne suis-je pas roi?

Au Dieu dont les rois sont émules
J'offrirais mes vœux chaque jour;
La ferveur, par maintes formules,
Libre, peindrait le même amour.
S'il fallait plus que mon exemple,
D'aimer Dieu je ferais la loi,
Mais en laissant le choix du temple.
Ah! pourquoi ne suis-je pas roi?

Je couvrirais de ma puissance
Les beaux-arts, orgueil des mortels;
Mais sur ton sol fertile, ô France,
Ne faut-il donc que des autels?
Que la gloire monte à la nue...
Vous, fils de Cérès, suivez-moi;
Nos mains vont guider la charrue.
Ah! pourquoi ne suis-je pas roi?

C'est ainsi que de ma carrière
Je remplirais tous les instans:
Monarque moins encor que père,
Je chérirais tous mes enfans.
La mort m'inscrirait sur son livre;
Mais chacun dirait après moi:
Pour être juste il voulait vivre...
Ah! pourquoi ne suis-je pas roi?

IL EST DES CHOSES QU'IL FAUT TAIRE.

AIR: Il était onze heures trois quarts.

Bien que je fusse enfant gâté,
Enfant gâté par excellence,
Au culte de la vérité
J'étais formé dès mon enfance;
Mais on me laissait pressentir
Qu'on doit quelque chose au mystère;
Et la pudeur vint m'avertir
Que, s'il ne faut jamais mentir,
Il est des choses qu'il faut taire.

A ceux qui ne savourent point
Ni la truffe ni le Champagne,
Faut-il dire à brûle-pourpoint:
« Messieurs, vous battez la campagne? »
Non, critiquons avec talent,
La leçon sera salutaire;
On pourrait la faire en parlant;
Je l'aime mieux en avalant:
Il est des choses qu'il faut taire.

Trouveriez-vous bien qu'un valet
Devant le monde vînt vous dire:
« Monsieur, Zoé vous trouve laid,
Et doit dès demain vous l'écrire.
Monsieur, vos boutons sont crevés;
Monsieur, j'ai vos pois à cautère;
Vos râteliers sont arrivés;
Vos faux mollets sont retrouvés. »
Il est des choses qu'il faut taire.

J'ai vu, dans des yeux de quinze ans,
J'ai vu rouler de grosses larmes.
Doit-on pleurer dans son printemps
Alors qu'on est pleine de charmes?
De beauté Lise est un trésor,
Mais un trésor qui voudrait plaire;
Son ame veut prendre l'essor:
Hélas! quand on est vierge encor,
Il est des choses qu'il faut taire,

L'amour brûle chaque mortel,
C'est une loi de la nature.
Heureux celui qui sur l'autel
Consacre sa flamme et l'épure;
Aussi j'admire les époux;
Mais moi je suis célibataire.
Vous m'observez d'un œil jaloux,
Pauvres maris, rassurez-vous:
Il est des choses qu'il faut taire.

Amis, montrons-nous indulgens
Envers les chagrins de la vie;
N'apprenons pas aux jeunes gens
A combien revient la folie.
Le monde est en train de vieillir,
Après nous laissons sur la terre
Quelques victimes du plaisir:
Pour ne pas tuer le désir,
Il est des choses qu'il faut taire.

LA COMÈTE DE 1832.

AIR : Maudit printemps (de M. de Fourcy).

Quoi ! dans sa course vagabonde,
Un astre, dit-on, heurtera,
En passant, le globe du monde,
Et le monde disparaîtra !
Mes amis, reprenons courage,
Dieu n'est ni cruel ni jaloux;
Il ne brise point son ouvrage :
La fin du monde est encor loin de nous. } (bis)

Par cet abus de confiance
Que d'intérêts seraient lésés !
Les plaisirs travaillent d'avance :
Perdra-t-on le fruit des baisers?
Sur eux la nature repose;
Travaillez donc, jeunes époux;
Les amours gagneront leur cause :
La fin du monde est encor loin de nous.

Lorsque Noé planta la vigne,
Le Créateur avec bonté
Lui dit : « Ami, voilà le signe
» Dont je scelle un nouveau traité.
» Que chaque vallon s'en décore,
» Je fais un long bail aux glouglous. »
Si les bourgeons poussent encore,
La fin du monde est encor loin de nous.

La farce sainte qu'on apprête *
Dans le moule resterait donc?
Non, là-haut, dans un jour de fête,
On aime un spectacle bouffon.
Les acteurs, dit une homélie,
Joûront leurs rôles à genoux;
Dieu voudra voir la comédie :
La fin du monde est encor loin de nous.

Devant un faible météore
Courberez-vous un front soumis?
Ah ! plutôt saluez l'aurore
Des beaux jours qui vous sont promis.
Déjà des voûtes éternelles
La Liberté descend chez vous...
L'entendez-vous battre des ailes?
La fin du monde est encor loin de nous.

* Allusion faite aux prétendues persécutions dirigées contre le clergé à propos de l'ordonnance du 16 juin.

DES NOUVELLES DE PARIS.

AIR du Méléagre champenois.

De la cité transfuge volontaire,
Vous, qu'un beau ciel console de Paris,
Vous demandez à ma muse sincère
Un bulletin sur l'état du pays.
Pour vous répondre un mot va me suffire;
Car, dans ces lieux où tout fut dérangé,
Les vieux travers ont repris leur empire. } (bis.)
Non, mon ami, Paris n'est pas changé. }

La Seine y roule une eau toujours fangeuse,
Dont chaque goutte est un produit certain
Pour la laitière à la crême menteuse,
Pour les bedeaux et les marchands de vin.
L'eau consacrée au bénitier foisonne;
Comme le lait le vin est mélangé,
Et comme Dieu la police pardonne.
Non, mon ami, Paris n'est pas changé.

Notre clôture est toujours la muraille
Que la débauche a choisi pour rideau,
Où l'artisan, dans un jour de ripaille,
Vient oublier ses enfans au berceau.
C'est pour l'octroi les colonnes d'Hercule,
C'est le rempart où le fisc est logé,
En attendant qu'un édit le recule.
Non, mon ami, Paris n'est pas changé.

Pour en finir de son état physique,
Paris s'enferme en de rians coteaux,
Qu'avec raison la misère publique
Voudrait trouver plus féconds et moins beaux.
Ah ! qu'on fait bien la guerre aux paysages
Quand on a froid et qu'on n'a pas mangé !
Le pauvre a faim, le riche a des ombrages...
Non, mon ami, Paris n'est pas changé.

De nos boudoirs l'histoire continue :
Quoi qu'on en dise en ce siècle meilleur,
C'est toujours là qu'un peu de retenue
Nuit aux galans bien plus que l'impudeur.
Comme autrefois la luxure est servie ;
Le jouvenceau, dans le vice plongé,
Est déjà vieux au matin de sa vie.
Non, mon ami, Paris n'est pas changé.

On aime encor dans cette capitale
De l'échafaud le plaisir sans pareil,
Et c'est en vain qu'une saine morale
A du supplice éloigné l'appareil...
Grâce aux acteurs, l'esprit n'a plus de trève,
Entre l'horreur et l'ennui partagé ;
Chaque théâtre a remplacé la Grève...
Non, mon ami, Paris n'est pas changé.

Nos temples saints sont toujours à leur place,
Leur voix d'airain ébranle encor les airs ;
Mais du salut on a perdu la trace,
Et pour long-temps nos parvis sont déserts.
Nous évitons le pavé de l'église,
Mais quelquefois, dans un cas obligé,
La voix du prêtre est encor marchandise...
Non, mon ami, Paris n'est pas changé.

LA POLITESSE.

Air : Quand je jouais à la poupée.

Heureux celui dont la chanson,
Fille d'un aimable délire,
Fait naître, en chassant la raison,
La gaîté folle et le gros rire !
Son sujet plaît, sa voix séduit ;
On l'applaudit avec ivresse ;
Il n'est pas comme moi réduit
A compter sur la politesse.

D'abord évitons un abus :
Qu'on ne trouve point dans mes rimes
Honnête et poli confondus ;
Ces mots ne sont pas synonymes.
Dans ce siècle, où sans probité
On obtient honneurs et richesse,
On renonce à l'honnêteté ;
Mais on tient à la politesse.

La politesse est un moyen
Qui nous conduit à l'art de plaire ;
Elle est chez l'humble citoyen
Douce, généreuse et sincère ;
Mais au séjour des grands seigneurs
Elle se prête à la bassesse,
Et la science des flatteurs
Commence par la politesse.

A l'écarté, dans un salon,
Honteux de mon humeur sauvage,
Je fis naguère du bon ton
Le gracieux apprentissage.
De s'il vous plaît et de saluts
Mon joueur m'honorait sans cesse ;
Bref, je perdais tous mes écus,
Mais j'apprenais la politesse.

Du cachot de son prisonnier
Charles-Quint fait baisser la porte,
Et devant lui François premier
Se courbera s'il faut qu'il sorte.
Mais le captif n'est pas vaincu,
Et dans le piége qu'on lui dresse
François passe en tournant le... dos
Pour esquiver la politesse.

Quand nous disons que l'Éternel,
Aimé d'Israël et de Rome,
Pour Rome maudit Israël,
Nous le rabaissons jusqu'à l'homme.
L'encens dont on le dit jaloux
Brûle au sabbat comme à la messe :
Eh ! qui sait si c'est parmi nous
Qu'il trouve plus de politesse ?

LA SIMPLESSE VILLAGEOISE.

Air : Amis, profitons tous.

Que j'aime à retrouver,
Aux lieux de ma jeunesse,
L'innocente simplesse
Qui m'a tant fait rêver !

Air : Ils sont couchés chez la mère Picard.

Oui, le voilà ce tranquille village
Où l'ignorance a fixé son séjour ;
Où, par respect pour un libre langage,
J'ons et *j'avons* sont à l'ordre du jour.
Heureux mortels, votre langue sonore
Ne fut jamais victime du bon goût :
Vous patoisiez, vous patoisez encore,
Quand vous parlez, je n'entends rien du tout.
Que j'aime, etc.

Votre pudeur, pour exemple donnée,
Préside encore aux amours du coteau ;
Toujours chez vous un tardif hyménée
De la faiblesse est l'utile manteau.
Rosière ou non, fille mûre ou fillette,
Vous arrivez à l'autel de l'hymen
L'œil éveillé, la taille rondelette,
Ou, mieux encor, votre enfant à la main.
Que j'aime, etc.

Votre mémoire est la vivante archive
Des petits torts et des graves malheurs ;
Après vingt ans, quand près de vous j'arrive,
Vous m'apprenez mille et mille noirceurs.
Votre franchise est toujours implacable ;
Chacun de vous du frondeur est l'écho,
Et par son nom vous citez le coupable,
Pour éviter un fâcheux quiproquo.
Que j'aime, etc.

Allons danser dans la plaine fleurie
En côtoyant les flancs de ce vieux mur ;
Car le sentier qui mène à la prairie
Comme autrefois est malpropre et peu sûr ;
Vaches et bœufs qui vont aux pâturages
Ont parfumé ce rustique chemin.
Sur les témoins de leurs fréquens passages
Ah ! ne mettons ni le pied ni la main.
Que j'aime, etc.

Sous les tilleuls les amans se trémoussent,
Rajeunissons à l'aspect de leurs jeux !
A tour de bras les voilà qui se poussent ;
Sont-ils fâchés ou sont-ils amoureux ?
Ah ! c'est qu'ici ni petites maîtresses
Ni Céladons n'affligent le hameau :
Les coups de poing sont pris pour des caresses,
Et l'œil poché paraît encor plus beau.
Que j'aime, etc.

La nuit est noire, et la fille amoureuse
Sous l'oreiller va cacher sa rougeur,
Quand son galant, dont l'ame est vaniteuse,
Au cabaret se présente en vainqueur.
Ivre déjà, mais craignant le scandale,
Un père est là qui défend son honneur.
Les cris, les coups font que chacun détale ;
Ainsi finit un jour de vrai bonheur.

Que j'aime à retrouver,
Aux lieux de ma jeunesse,
L'innocente simplesse
Qui m'a tant fait rêver !

LA STATUE DE NAPOLÉON,

ÉLEVÉE POUR LA SECONDE FOIS SUR LA COLONNE DE LA PLACE VENDÔME.

Air des Polonais.

Petits enfans, votre oreille étonnée
Ne comprend rien à ces cris solennels.
Apprenez donc par ma voix surannée
Qu'un demi-dieu retrouve ses autels.
Napoléon, ce type de la gloire,
On l'a maudit, et pourtant le voilà.
Petits enfans, quand vous lirez l'histoire,
Méditez bien (*bis*) sur ce chapitre-là.

La Liberté fut sa mère nourrice ;
Mais sur le sein dont il fut allaité
On a pu voir à mainte cicatrice
Tout son dégoût pour un lait si gâté.
La liberté, catin du Directoire,
En mauvais lieux si souvent le mena !
Petits enfans, quand vous lirez l'histoire,
Réfléchissez (*bis*) à ce chapitre-là.

D'un seul coup d'œil jugeant notre faiblesse,
Il se vit fort et nous donna des lois.
Tout aussitôt son orgueil se redresse,
Et sans frapper il entre chez les rois.
Pour entasser victoires sur victoires,
Devant son fouet comme il nous pourchassa !
Petits enfans, quand vous lirez l'histoire,
Souvenez-vous (*bis*) de ce chapitre-là.

Quand il régnait, car il fut maître en France,
Les courtisans se disaient ses amis,
Et ces pantins, dont il payait la danse,
Au vœu du fil étaient toujours soumis.
Le fil cassa dans un vaste déboire,
Mais sur ses pieds chaque pantin tomba.
Petits enfans, quand vous lirez l'histoire,
Vous sourirez (*bis*) à ce chapitre-là.

Quand la fortune enfin lui fut contraire,
Lorsqu'en un jour vingt ans furent perdus,
On vit tomber de sa noble paupière
Des pleurs amers sur ses soldats vaincus.
Mais à Paris au Russe on verse à boire,
Et Waterlo réclame un libera!
Petits enfans, quand vous lirez l'histoire,
Baissez les yeux (*bis*) à ce chapitre-là.

Courage, ami, tirez sur la ficelle
Qui tient ce bronze attaché par le cou.
Vous êtes comte et vous voilà rebelle,
Vous serez prince; allons, encore un coup!
Et c'est ainsi qu'un effort dérisoire
Pour un haut fait autrefois se compta!
Petits enfans, quand vous lirez l'histoire,
Sifflez bien fort (*bis*) à ce chapitre-là.

Puis on le vit sur le breton rivage
Tendre les mains à d'honorables fers;
Mais au vieux lion il fallait une cage;
Il la fallait plus loin que l'univers.
Faute de mieux, le royal consistoire
Au bout du monde en tremblant l'exila.
Petits enfans, quand vous lirez l'histoire,
Indignez-vous (*bis*) à ce chapitre-là.

Il y mourut et sa cendre y repose;
Moderne Christ, il est ressuscité;
Mais, en dépit de son apothéose,
Son nom là-bas est peut-être insulté.
Une recrue à la cocarde noire
Sur son sépulcre à l'ombre s'étendra!
Petits enfans, quand vous lirez l'histoire
Vous pleurerez (*bis*) à ce chapitre-là.

LE PLAISIR VAUT MIEUX QUE LA MORALE.

Air : Un heureux jour luira (de Fourcy).

Oui, je brave ta loi,
O morale hypocrite!
Le plaisir qui m'invite
A plus raison que toi.

En quoi pourrait déplaire
Au souverain des cieux
L'usage salutaire
De ses dons précieux?
Auteur de toutes choses,
Qu'il nous donne à choisir,
S'il a créé les roses,
Nous devons les cueillir.

Oui, je brave ta loi, etc.

L'image fortunée
De deux cœurs amoureux,
Sans les nœuds d'hyménée,
Est un crime à tes yeux :
Empêche donc mon ame
De prendre son essor,
Et dis à qui m'enflamme :
« Il n'est pas temps encor! »

Oui, je brave ta loi, etc.

Du nom d'intempérance
Pourquoi veux-tu flétrir
Ma soif qui recommence
Quand j'ai cru la tarir?

Au nectar dans mon verre
Le fiel ne se joint pas...
Et la vertu m'est chère
A la fin d'un repas.

Oui, je brave ta loi, etc.

Dédaignant la richesse,
Méprisant la grandeur,
Je puis de ma paresse
Savourer la douceur.
La gloire est un mensonge,
Et, si j'en veux jouir,
Je la retrouve en songe...
Laisse-moi donc dormir.

Oui, je brave ta loi, etc.

Mon ame est libre et fière;
Tu m'as en vain prêché
Qu'ornement de la terre,
L'arbre y meurt attaché.
Moi, sur d'autres modèles
Je me suis arrêté...
L'oiseau porte des ailes:
Vive la liberté!

Oui, je brave ta loi, etc.

Le ciel est la patrie
Du juste confiant,
Et tu veux qu'on le prie
Avec un cœur tremblant.
Eh bien! moi, j'ose enfreindre
Cet ordre rigoureux:
Aimer Dieu sans le craindre,
C'est l'aimer cent fois mieux.

Oui, je brave ta loi,
O morale hypocrite!
Le plaisir qui m'invite
A plus raison que toi.

LE SACRE DE CHARLES X.

AIR du Chien du Marchand d'éponges.

J'étais dans Reims comme un badaud,
Et m'écriais: Dieu! que c'est beau!
Vous en parlez bien à votre aise...
Ces mots, sortis je ne sais d'où,
Me semblaient passer par un trou.

J'écoute et j'entends distinctement les soupirs d'un saint qui perdait respiration. Enfermé dans des châssis d'opéra, il ne pouvait rien voir et n'entendait qu'un bruit confus. Aussi jurait-il le pauvre homme:

Ah! ventrebleu!
Vertubleu! sacrebleu!
Dieu, secourez-moi, disait saint Blaise.

Je voulus calmer le beau saint;
Mais il tenait à son refrain:
Vous en parlez bien à votre aise.
Laissez au moins philosopher
Les gens que l'on veut étouffer.

Et là-dessus, nouveaux soupirs, nouveaux jurons. Mais pourquoi se plaindre en si bonne compagnie? Tout le paradis en était là, puisqu'on avait emmailloté la cathédrale *.

Ah! ventrebleu!
Vertubleu! sacrebleu!
Dieu, secourez-moi, disait saint Blaise.

Bon saint, que regrettez-vous donc?
Serait-ce le bruit du bourdon?

SAINT BLAISE.

Vous en parlez bien à votre aise...
Je n'ai plus de goût pour le son
Ni des cloches ni du canon.

A propos de canon, est-il vrai, monsieur, que le bruit de l'artillerie soit passé de mode chez les chevaux de vos preux?

MOI.

Ah! j'entends, l'aventure de Fismes...

SAINT BLAISE.

Justement. Ce que c'est que le repos à la cour! Voilà des bucéphales tombés en enfance.

MOI.

Et leurs maîtres tombés dans le fossé. Mais comment vous trouvez-vous?

* Il ne faut pas prendre en mauvaise part la plaisanterie que fait ici l'auteur. Si l'architecture de la cathédrale de Reims avait disparu sous la décoration, jamais décoration n'avait offert plus de goût et de majesté. Les amis des arts s'en souviendront long-temps, et rendront à MM. Lecointe et Hitorff, architectes, la justice qui leur est due. (*Note de l'auteur.*)

SAINT BLAISE.

Toujours mal dans la prison... et puis ne rien voir...

Ah ! ventrebleu !
Vertubleu ! sacrebleu !
Dieu, secourez-moi, disait saint Blaise.

MOI.

Voulez-vous juger par mes yeux ?
Je vais observer de mon mieux.

SAINT BLAISE.

Vous en parlez bien à votre aise.
Pour satisfaire mes désirs,
Vous n'avez pas mes souvenirs.

Je me trouverais en pays de connaissance avec tous ces débris de la vieille roche. La belle occasion, si j'y voyais, de juger ce qui leur va mieux des priviléges ou de la Charte, de la perruque poudrée ou de la Titus. Mais, dites-moi, sont-ils joyeux ?

MOI.

Ils ont au moins quelques raisons de l'être. L'ordonnance de promotion a paru il y a quinze jours, et nous avons des ducs nouveaux, des comtes tout frais, et des chevaliers comme s'il en pleuvait.

SAINT BLAISE.

Cela ne prouve rien, mon ami; là-haut nous savons le fin mot sur leur espoir. Les demandes sont curieuses dans leurs prières... Mais j'étouffe, en vérité :

Ah ! ventrebleu !
Vertubleu ! sacrebleu !
Dieu, secourez-moi, disait saint Blaise.

MOI.

Ah ! revenez de votre erreur,
Le prince est fêté de bon cœur...

SAINT BLAISE.

Vous en parlez bien à votre aise.
Pour en juger plus sûrement,
Attendons jusques au serment.

MOI.

Justement, nous y voilà.

SAINT BLAISE.

Eh bien !

MOI.

J'écoute.

SAINT BLAISE.

Voyez les figures, mon ami.

MOI.

Oui, bon saint. Le mot Charte a frappé mon oreille.

SAINT BLAISE.

Eh bien ! quel effet produit-il ?

MOI.

Un très-bon, je vous jure. Voilà cent magistrats paysans, qui, dans leur reconnaissance, ont poussé de vigoureux vivats.

SAINT BLAISE.

Le paysan content, cela ne m'étonne pas ; mais voyez plus haut.

MOI.

Ah ! bon saint, vous aviez raison, j'aperçois d'horribles grimaces. Et, faut-il que je le dise, les mécontens sont en grande partie les élus de la veille.

SAINT BLAISE.

Ah ! ventrebleu !
Vertubleu ! sacrebleu !
Dieu, secourez-moi, disait saint Blaise.

MOI.

Bon saint, que ne pouvez-vous voir
L'orgueil flatté de l'encensoir !...

SAINT BLAISE.

Vous en parlez bien à votre aise.
Ici l'enfer a député ;
Escobar est représenté.

Et ce n'est pas ce qui doit nous faire rire. Le bruit courait en paradis que messieurs de robe longue allaient faire une royale recrue, et saint Ignace se frottait les mains en murmurant : *C'est déjà fait, c'est déjà fait.*

MOI.

Ah ! bon saint, le croyez-vous ?

SAINT BLAISE.

Ma foi, je le parierais presque.

Ah ! ventrebleu !
Vertubleu ! sacrebleu !
Dieu, secourez-moi, disait saint Blaise.

La foule en sortant se jeta
Sur les châssis et les creva ;
Le saint fut un peu plus à l'aise ;
Son œil enfin put admirer
Le roi qu'on venait de sacrer.

Le voilà donc, disait-il, l'héritier de tant de rois, celui que la Providence appelle à réparer tant de maux, à prévenir tant de malheurs ! Puisse-t-il ne pas ignorer qu'on l'aime encore ailleurs que dans les sacristies et sous les lambris dorés, et que sa justice est le partage de tous ! Puis, joignant les mains et levant les yeux au ciel :

Des faux dévots,
Des flatteurs et des sots,
Dieu, préservez-le, disait saint Blaise.

FAITES JOUJOU, PETITS ENFANS.

Air *de Fourcy* : Maudit printemps, reviendras-tu toujours ?

J'aime à vous voir, essaim folâtre,
Gentils bambins, petits garçons,
Qui désertez le feu de l'âtre
Pour vous risquer sur les glaçons.
Arrive-t-il qu'un de vous tombe,
J'entends vos rires innocens,
Vous ririez au bord d'une tombe ;
Faites joujou, joujou, petits enfans.

La route tracée est suivie ;
On marche où d'autres ont passé.
Or vous joûrez toute la vie :
Vous avez si bien commencé !
Vous donnerez votre jeunesse
Aux plaisirs bien plus qu'aux talens ;
Déshéritez votre vieillesse ;
Faites joujou, joujou, petits enfans.

A votre tour vous prendrez femme,
Et vous estimerez bien plus
L'argent apporté par la dame
Que son esprit et ses vertus.
Assurez-vous que ses richesses
Sont en écus beaux et luisans,
Comptez, recomptez les espèces ;
Faites joujou, joujou, petits enfans.

Déjà vieux, vous voudrez encore
Un jeune autel pour vos amours.
Allons, rêvez qu'on vous adore
Parce qu'on reçoit vos secours.
Que l'idole soit équipée
D'or, de brocart, de diamans...
Habillez bien votre poupée ;
Faites joujou, joujou, petits enfans.

Si vous donnez à la patrie
Votre tribut de dévoûment,
Comme un créancier qui crie,
Vous en voudrez argent comptant.
Mais on soldera le mémoire
En oripeaux, croix et rubans :
Avec les hochets de la gloire
Faites joujou, joujou, petits enfans.

Et lorsqu'enfin courbés par l'âge,
L'éternité vous effraîra,
Transformez votre radotage
En oraisons et cætera.
Suppliez les saints et la Vierge
D'être en aide aux cœurs repentans ;
Brûlez, brûlez cierge sur cierge ;
Faites joujou, joujou, petits enfans.

DE QUOI? DE QUOI?

MOT POPULAIRE.

Air : Ne m' parlez pas.

De quoi ? de quoi ?
Soyons d' bonn' foi,
Je vois et j'entends plus d'un' chose
Qu'en embêt'rait bien d'autr's que moi.
Aussi faudrait êtr' fièr'ment chose
Pour demeurer la bouche close.
De quoi ? de quoi ? (*bis.*)

De quoi ? de quoi ?
Quand je me voi,
Je ne veux pas qu'on me retouche :
On peut me r'garder sans effroi.
J'ai l'air dur, mais j' suis pas farouche ;
J'ai vu d's aveugl's, moi je n' suis qu' louche.
De quoi ? de quoi ?

De quoi ? de quoi ?
Fier comme un roi,
Le dimanche, quand je m' promène,
D'êtr' pas trop sal' je m' fais la loi.
J' mets un' chemise par semaine ;
Si j' n'en ai pas, j' garde l'ancienne...
De quoi ? de quoi ?

De quoi ? de quoi ?
On reste coi
Quand l' marchand d' vin, qui vous devine,
Refuse à boir' si l'on n'a plus d' quoi.
A quoi donc que sert la bonn' mine
Si ça n' vaut pas une chopine ?
De quoi ? de quoi ?

De quoi ? de quoi ?
Eh bien ! oui, j' boi,
Et quand ma bouteill' n'est pas vide,
J' la cach' pour enfoncer l'octroi.
Et si l' commis m' pince en perfide,
A son nez j' liche mon liquide.
De quoi ? de quoi ?

De quoi ? de quoi ?
La rue Éloi,
A côté du Palais d' Justice,
C'est là que j' loge, et v'là pourquoi :
Quand j'ai soiffé, si l' pied me glisse,
J' suis à deux pas d' la grande hospice.
De quoi ? de quoi ?

De quoi ? de quoi ?
C'est d' bon aloi
Les giffl's qu'on r'çoit, les giffl's qu'on donne ;
Moi, j'en donn' plus que j' n'en reçoi.
A mon ennemi je n' pardonne
Que quand son respir' l'abandonne.
De quoi ? de quoi ?

De quoi ? de quoi ?
A moi-z-à-toi,
Joli pioupiou, fausse écarlate,
Qui t' crois toujours dans un tournoi.
Permis à toi d'aimer ta latte ;
Mais si tu crach's sur la savatte...
De quoi ? de quoi ?

De quoi ? de quoi ?
Si Godefroi
Fait des mines à mon Ursule,
On veut que j' me mette en émoi.
L'amour, c'est comm' la canicule,
Ça peut êtr' chaud sans que ça brûle.
De quoi ? de quoi ?

De quoi ? de quoi ?
Quand, jarnigoi !
J' vois l'incendie ou le naufrage,
Je n' tard' pas à prendre d' l'emploi.
Je pompe ici, là-bas je nage ;
Mais qu'on veuill' payer mon courage,
De quoi ? de quoi ?

De quoi? de quoi?
J'entends l' beffroi,
C'est un défunt, grand bien lui fasse :
Dieu pour tous et chacun pour soi.
Quand mon tour viendra, sans grimace,
J'irai jouer avec Paillasse...
De quoi? de quoi?

OU DONC EST LE BONHEUR?

En quels instans notre ame ressent-elle
Ce doux transport qu'on appelle bonheur,
Ce feu divin dont la vive étincelle
Tombe du ciel sur notre cœur?

Serait-ce alors que du pouvoir
L'homme revêt la brillante livrée,
Et lorsqu'assis sur sa chaise dorée
D'un seul geste il fait tout mouvoir?
Non ; car les rois vieillissent avant l'âge,
Et, malgré leur éclat trompeur,
Ils ont les soucis en partage
Bien plus encor que le bonheur.

Serait-ce alors qu'on promène la foudre
Sur tous les points de l'univers?
Qu'on met les couronnes en poudre
Et les peuples aux fers?

Non. Les hauts faits de la vaillance
Ne sont, hélas! que d'illustres fureurs;
Les lauriers du héros sont arrosés de pleurs,
Et quelqu'un les maudit, si quelqu'un les encense.

Serait-ce alors qu'un généreux cerveau
Enfante et mûrit la pensée?
Quand la nature retracée
Sous le crayon, sous le ciseau,
Fait de l'artiste un créateur nouveau?

Non. Le champ des arts est l'aride carrière
Où le bonheur est rarement goûté.
Il faut en forcer la barrière
Où maint rival s'est aposté,
Et dans un courage indompté
Braver l'envie et la misère.

Serait-ce enfin quand notre esprit en feu,
Par une erreur puisée au fond du verre,
Refait en beau les choses de la terre,
Et retouche à son gré les merveilles de Dieu?

Non. Car l'ivresse est passagère;
Encore un pas et l'on touche au sommeil,
Et lorsqu'arrive le réveil,
Nous n'avons savouré qu'une vaine chimère.

Où donc est le bonheur? il est... dans un soupir;
Non de ceux-là que la douleur échange,
Mais bien de ceux qu'enfante le plaisir,
Et qui sont doux comme la voix d'un ange;
Un soupir qui renaît quand un soupir finit,
Aliment d'une longue extase,
Mot incomplet qui dit plus qu'une phrase
Et par qui l'univers à l'univers survit.

Mortels, du vrai bonheur faisons l'expérience!
De la félicité ma main tient la balance.
Dans l'un de ses plateaux apportez tour à tour
L'insigne des grandeurs, celui de la finance;
Dans l'autre, moi, je placerai l'amour;
Et puis jugez en conscience.
Sur les hochets de votre jouissance
Un doux baiser l'emportera.

Démon charmant, belle Élisa,
Dont le regard a rajeuni mon ame,
Par vous depuis long-temps je le savais déjà,
Du vrai bonheur l'autel est une femme.

TABLE.

PREMIÈRE LIVRAISON.

DEUXIÈME LIVRAISON.

TROISIÈME LIVRAISON.

QUATRIÈME LIVRAISON.

CINQUIÈME LIVRAISON.

www.ingramcontent.com/pod-product-compliance
Ingram Content Group UK Ltd.
Pitfield, Milton Keynes, MK11 3LW, UK
UKHW020346180726
13839UKWH00002B/951

9 782329 145808